人妻クルーズ

◆◆◆

霧原一輝

Kazuki Kirihara

JN103157

紅文庫

目次

装幀　遠藤智子

人妻クルーズ

第一章　博多の女将

1

「お客さん、大丈夫ですか？」

しなやかな指で肩を揺さぶられて、藤森栄太《ふじもりえいた》はカウンターから顔をあげる。酔いで朦朧《もうろう》とした栄太を、割烹着《かっぽうぎ》姿のやさしげな美人が心配そうに覗《のぞ》き込んでいた。

「申し訳ないけど、もう店を閉める時間なんですよ」

ハッとして周囲を見ると、ウナギの寝床みたいな狭い小料理屋には、すでに客の姿がない。

思い出した。栄太はここ博多《はかた》の中州《なかす》の屋台でとんこつラーメンを食べ、その後、路地を入ったこの呑《の》み屋に入ったのだった。

他の客との会話で、この女将《おかみ》は柳田《やなぎた》寿美子《すみこ》で、年齢は三十八歳ということはわかっていた。

「ああ、すみません。帰ります」

急いで席を立とうとして、よろけた。完全に呑みすぎたようだ。そんな身分ではないのに……。

見かねたのか、寿美子が自分は後片付けをするが、しばらく休んでから帰ればいいと言ってくれた。

(何て、やさしいんだ)

人は窮地《きゅうち》に陥《おちい》ったときにやさしい言葉をかけられると、感激して涙が出るものらしい。

「ありがとうございます。うっ、うっ、うっ……」

嗚咽《おえつ》をこらえ、涙を拭《ふ》いていると、不憫《ふびん》に思ったのか、寿美子が訊《き》いてきた。

「あらあら、可哀相《かわいそう》に……何があったの？　私でよければ話してごらんなさい。聞きたいわ」

寿美子が食器を拭きながら、口許《くちもと》に柔和《にゅうわ》そうな笑みを浮かべた。

卵型の顔で切れ長の目、鼻筋の通ったやさしげな美人である。とくに色が白くて肌はすべすべだ。

こんな博多美人の代表みたいな人に心配されて、感激しつつ、事情を話した。

藤森栄太、二十三歳。

勤めていた会社をパワハラで辞め、職探しをしているときに、やけに給料のいい会社『HT』を求職誌で見つけた。

女性顧客向けの営業の仕事ということだったので、嬉々《きき》として入社を決めた。

だが、その後に判明したのは、ここはアダルトグッズの製造、販売の会社であり、『HT』はじつは『ハニーホット』の略だったということだ。

しかも、栄太はいまだに研修期間とされ、給料は雀《すずめ》の涙ほど。そんな栄太に、正社員になるチャンスが訪れた。

これをクリアできたら正社員昇格というノルマは、なんとワゴン車一台分のアダルトグッズを売りさばくことだった。

しかも、新規の客を開拓するために、東京ではなく、地方都市で売れと言うのだ。

ワゴン車の荷台に積まれた大量の女性向け大人の玩具《おもちゃ》を見て、

（無理だ、絶対に……）

栄太は絶望に打ちひしがれた。

だいたい、女性客の多くはインターネットなどの通信販売でバイブやローションなどのセックストイを購入する。我が社も半分以上が通信販売である。

上司は『訪問販売で新たな客を開拓してくれ。売り切ったら、正社員にしてやる。途中で帰ってきたら、クビだ』とのたまった。

一瞬、こんなブラック企業、辞めてやると息巻いた。だが、正社員になれば給料も待遇も良く、ここはどうにかしてグッズを売り切って、昇格を目指すしか、栄太が生き延びていく方法はなかった。

上司に南から北上しろと言われて、昨日、十二時間かけて東京から博多まで車でやってきた。

今日、博多のマンション、一戸建てに飛び込みでセールスをかけたものの、ほとんどが門前払いで、精根《せいこん》尽き果てた。しかも、ホテルを使うことも許されずに、車中泊、つまり車のなかで眠っているという話をすると、

「ひどい会社ね」

寿美子は憤《いきどお》り、さらには、

「買ってあげようか？」

と、にっこり微笑んだ。

「ほ、ほんとですか？」

「いいわよ。でも、現物を見たいわね。見せてもらえる？」

「はい、喜んで！　車に戻って、取ってきます」

「面白そうだわ。私もついていっていい？」

「いいですけど……」

店を閉めた寿美子とともに、駐車場に停めてある車に向かった。

こんなに淑《しと》やかそうな美人女将が、いくら同情とは言え、大人の玩具に興味を持ってくれることが、不思議でしょうがない。

道すがら訊くと、寿美子は二十五歳年上の会社社長と再婚していて、夫に店の開業資金を出してもらっているのだと言う。

「主人、還暦《かんれき》を迎えてから、めっきりあっちのほうが弱くなってしまって……」

と、恥ずかしそうに言う。

（ああ、そういうことか。ダンナのあれが勃《た》たなくて、欲求不満なんだな）

それがわかれば、おのずと勧める商品も決まってくる。

（よしよし、ついてる。運がまわってきた！）

色とりどりのネオンを川面に映した那珂川《なかがわ》のほとりを歩いて、しばらく行った駐車場に、ワゴンが停めてあった。

よく見てもらおうと、車内に入ってもらう。リアシートはベッド代わりにフラットに倒してある。後ろの荷台には、アダルトグッズの詰まった大小様々な箱がうず高く積んであった。

「これを、全部売るの？」

寿美子が唖然《あぜん》としたように呟《つぶや》いた。

「ええ……売りきらないうちは帰ってくるなと言われています」

「そう……ひどい会社ね。いいわ、たくさん買ってあげるから、見せてもらえる？」

「はい！」

栄太は車内灯を点《つ》けて、バイブレーターを何種類か用意する。

「まずは、これなんかどうでしょうか？　我が社では売れ筋のスタンダードなバイブですが……」

箱から全長22センチ、直径33ミリのピンクのバイブを取り出した。

「あら、かわいいじゃないの。クリちゃんに当たる部分が、ウサギさんの耳になっているのね。ふふ、この二本の耳でクリちゃんをくすぐるのね。かわいい！」

寿美子がにこっとした。

2

「乾電池《かんでんち》はどこに入れるの？」

寿美子がバイブをいじりながら、顔をあげた。切れ長の目が妖《あや》しく潤んでいるのを見て、栄太はドキッとしながらも、

「最近のものは、乾電池ではなく、ＵＳＢ充電が多いです。これも、ほら、お

尻にコネクターがついているでしょ？　ここに接続して充電します。パソコンからも充電できるので、とても便利です」

「へええ、私が使っていたときは乾電池だったわ。すぐになくなって、弱くなってしまって困ったけど」

寿美子が微苦笑する。

「お使いになっていたんですか？」

「そうよ。いけない？」

「いいえ。寿美子さん、きっとおモテになると思うので、そんな方がバイブをと……」

「バカね。男が使いたがったのよ」

「ああ、なるほど。ご自分ではなくてね……では、今回も？」

「そうね。主人に使ってもらおうかと……でも、あれね。実際に使ってみないと、具合がわからないわね」

「ああ、でしたら、これを試してみてください。これがスイッチで……」

栄太がスイッチをオンにすると、シャーという低い音とともに、バイブが動きはじめた。半透明のシリコン製のリアルな形をした亀頭部がくねくねし、茎胴に埋め込まれたパチンコ玉に似た部分がすごい勢いで回転しはじめた。

ウサギの耳も細かく振動する。

「あら、具合良さそうね」

「はい……みなさまには悦《よろこ》んでいただいております」

「試していい？」

「ど、どうぞ……これを使ってください。俺は向こうを見ていますので」

コンドームを渡して、栄太は反対を向く。ほんとうは見たい。しかし、ここは我慢だ。

フラットにしたリアシートで、衣擦《きぬず》れの音がする。ウインドーには目隠し用にカーテンがかかっているから、外からは見えない。しばらくすると、

「ぁああ、これ……ああん」

低い回転音とともに、寿美子の艶《つや》やかな声が聞こえはじめた。

(ああ、今、どんな格好《かっこう》をしているんだろうか？)

想像してしまい、股間のものが力を漲《みなぎ》らせてきた。

（ああ、ダメだ、おさまれ！）

イチモツに言い聞かせていると、

「ねえ、藤森さん、手伝ってくださらない？」

寿美子の悩ましい声がする。

「よ、よろしいんですか？」

「いいから言っているの」

「し、失礼します」

向き直った瞬間、栄太はあっと声をあげて、硬直した。

ものすごい光景だった。

シートの上で、着物姿の寿美子が上体を立て、大きく足を開いていた。小紋《こもん》の前がはだけて、赤い長襦袢《ながじゅばん》もまくれあがって、むっちりと白い太腿《ふともも》が鈍角《どんかく》に開いている。

そして、黒々とした陰毛の流れ込むあたりに、バイブの頭部が押しつけられていた。

ピンクのバイブがうねうねしながら、割れ目を上下動し、

「ぁああ、自分じゃできないの。入れてくださいな。入れて、お願い……ぁあ
あ」

寿美子がバイブを擦《こす》りつけながら、大きくのけぞった。
セクシーすぎた。
栄太はバイブの白い取手をつかんで、おずおずと擦りつける。ぬるっ、ぬる
っとすべって、
「ああ、早くぅ……！」
寿美子が眉《まゆ》を八の字にして、せがんできた。
「い、入れますよ」
栄太は慎重に力を込める。
蜜であふれているのに、するっといかないのは、きっと挿入《そうにゅう》がひさしぶりで、
入口が硬くなっているからに違いない。
こういうときは、回転しながら押し込む。ネジをねじ込むときの要領だ。
栄太は実生活でバイブを使ったことはないが、会社の実習で、オナホール相
手に試したことがあって、そのくらいはわかる。

少しまわしながら力を込めると、バイブがぬるぬるっと嵌《は》まり込んでいって、

「ぁああ、いい……くうぅぅ」

寿美子が眉根を寄せて、顎《あご》を突きあげた。

バイブは半分ほど埋まり込んで、うねうねと頭部をくねらせ、奥の方を掻《か》きまわし、ビーズが回転しながら、入口を刺激している。

「ぐ、具合はいかがでしょうか？」

「ああ、すごい、すごい……奥を掻きまわしてくる……ねえ、クリちゃんを」

「こう、ですか？」

ウサギの両耳で、クリトリスを挟《はさ》むようにすると、ピンクの耳が振動してクリトリスを叩き、

「ああ、それ……！　ああ、両方、気持ちいい……奥もクリも……ぁああ、ああ……」

寿美子は仰《あお》向《む》けに寝て、立てていた膝《ひざ》を伸ばし、白《しろ》足《た》袋《び》に包まれた足指を反らせ、ぎゅうと折り曲げる。

「ピストンしますか？」

「ええ、してください……ああ、そうよ、そう……ぁあ、恥ずかしい。こんなの恥ずかしい……」

そう口走りながらも、寿美子はむちむちの太腿をがに股にひろげる。バイブが出入りするぽってりした陰唇は茎胴にからみつき、透明な蜜があふれて、バイブを光らせる。

（おおう、すごい！　よし、もっと感じさせてやる）

ついつい昂奮して、ずぶずぶと強めに抜き差しすると、

「ああ、ちょっと……」

寿美子が制してきた。

「あまり、強く出し入れされると、逆にダメみたい」

実際のおチンチンは激しく出し入れしたほうが感じると思うのだが、バイブは違うようだ。すでに自身がくねっているから、あまり抜き差しは必要がないのだろう。

（なるほどな……）

新人の栄太にとっては、体験することすべてが勉強だった。

（そうだ、ここで逆回転を）

スイッチを押すと、バイブのビーズが反対にまわりはじめた。

「ああ、これ何？」

「逆回転にしました。今が右回りです。どちらがいいですか？」

「そうね……ああん、こっちの方が感じるみたい」

寿美子の腰がうねりはじめた。

3

寿美子は右回りの方が感じると言う。

（そうか、やはり回転の方向によって、感じる、感じないがあるんだな）

女体の神秘を思いつつ、右回転をつづけていると、寿美子が下腹部をせりあげながら、

「ねえ、きみのおチンチンが欲しいの。その大きくなっているものが」

とろんとした目を向けて、せがんできた。

「当社の商品だけでは、ダメですか？」

「ダメじゃない。買ってあげる。でも、やっぱり本物が欲しいわ」

栄太としても本物を入れたい。しかし、相手は顧客である。

「でも、寿美子さんはお客さまですし。こんなことがばれたら、俺……」

「大丈夫よ。絶対に口外しないから。二人だけの秘密にしましょ」

秘密という言葉が、栄太を武者震いさせる。だが……。

「あの、失望されると困るので言っておきますが、俺、まだ女性をひとりしか知りません。しかも、数回しかしていないので、多分、セックスが下手です。それでもよろしければ……」

「ふふ、いいわよ。私が教えてあげる」

寿美子が微笑んで、バイブを抜き、栄太のズボンを脱がしにかかる。ブリーフがさげられると、いきりたつ肉の柱が転げ出てきた。

それを見た寿美子の目がびっくりしたようにまん丸になった。

「何、これ。すごい角度でお臍《へそ》に向かってるわね。こんなの初めてよ。そう言われない？」

「はあ、別れた彼女には、角度だけはすごいわね、と言われました」

「でしょ？　そこに寝て。お口でしてみるから」

言われたように、フラットシートに仰向けに寝ると、寿美子が帯を解きはじめた。シュルシュルっと衣擦れの音が車内に響き、帯が解かれた。つづけて、小紋の着物を肩からすべり落とす。

鮮やかな緋《ひ》襦袢姿になって、髪を解いた。頭を振ると、長い黒髪が躍って、白い半襟《はんえり》にかかる。

（色っぽすぎる……！）

それを見て、イチモツがますます力を漲らせた。

寿美子は黒髪をかきあげて片方に寄せ、静かに顔を寄せてきた。

裏筋を見せる屹立《きつりつ》の裏を、ツー、ツーッと舐《な》めあげられて、

「くうう……！」

ぞくぞくした快感に唸《うな》る。

「ふふ、イカ臭いわよ」

「ああ、すみません。風呂に入ってないので、すみません」

「いいのよ。若さの象徴ですもの。主人はもうこんなオスの匂いはしないのよ。ああ、懐《なつ》かしいわ」

寿美子がねっとりと、丹念《たんねん》に舐めてくるので、ますます角度が鋭角になった。

「ああん、何よ、この角度……亀頭がお腹に触れてるわよ。ありえない。ああん、もうダメ……」

寿美子が勃起《ぼっき》をつかんで自分の方に引き寄せて、上から頬張《ほおば》ってきた。

「うおおっ……」

栄太は吼《ほ》えていた。気持ち良すぎて、唸っていた。

フェラチオされるのは、年上の彼女と別れて以来だから、約一年ぶりだった。

「ふふ、勝手に上を向いちゃうから、おえっとなっちゃう」

寿美子はいったん吐き出して言い、また咥《くわ》え込んでくる。

今度は顔の角度を変えている。片方の頬がぷっくりふくらんで、飴玉《あめだま》に似た頬のふくらみが移動する。

栄太が生まれて初めて体験するハミガキフェラだった。

亀頭部が粘膜を擦って、気持ちがいい。それ以上に、寿美子のやさしげな美貌《びぼう》が崩れるのが、見ていて可哀相であり、同時に昂奮《こうふん》する。

寿美子が勃起の急角度を直すように指をまわして握り、引き寄せながら、顔を打ち振った。

なめらかで濡れた口腔に包まれて、一気に快感がふくれあがった。

すると、その効果をわかっているかのように寿美子がこちらを向いた。

垂れ落ちる黒髪をかきあげながら、上目遣《うわめづか》いに栄太を見て、その間も唇をすべらせ、指で根元をしごいてくる。

「ああ、ダメです。出ます、出ちゃう！」

思わず訴えると、寿美子はちゅるっと吐き出して、またがってきた。

真っ赤な襦袢をはしょって、むっちりした太腿をひろげ、漆黒《しっこく》の翳《かげ》りの底に亀頭部を擦りつけて、

「ああ、もう我慢できない」

腰を振りながら尻を落とし込んでくる。分身が熱いと感ずるほどのぬめりに包まれて、次の瞬間、

「ぁあああ、すごい！　ああ、前を擦ってくるぅ……ぁああ！」

受け入れながら、寿美子は顎をせりあげ、同時に左右の太腿を閉めたり、開いたりして、歓喜をあらわす。

「くっ……！」

と、栄太も奥歯を食いしばった。それほどに気持ち良かった。

「あっ……あっ……」

寿美子はまだ何もしないのに、まるで達したみたいに震えていた。

その度に入り口がきゅっ、きゅっと締《し》まり、奥の方もとろとろの粘膜が波打つようにうごくのだ。

（すごい、これが人妻のオマ×コなんだな）

別れた彼女とは膣の具合が全然違う。ぐにゅぐにゅとまとわりついてくる感じで、ストロークしなくても充分に気持ちがいい。

寿美子が前に屈んで、腰を振りはじめた。両手を胸板につき、膝を立てて腰を前後に揺するので、勃起が揉《も》み抜かれる感じだ。

「ああ、すごい。きみのが奥の前側を突いてくる。硬いわ、ギンギンだわ、ぁああ、苦しい。でも、気持ちいいのよ」

寿美子は自分で加減するように腰の角度を変え、深さを調節して、腰を振る。前後だけでなく、上下にも動かすので、ぐちゅ、ぐちゅといやらしい音がする。

「んんん、んんん……」

と、寿美子は眉根を寄せながらくぐもった声を洩《も》らし、

「ぁあぁ、あああ、いいのよ。カチカチがいい……」

ますます激しく腰を振りたくった。

4

ワゴン車のリアシートで、中洲の女将が自分にまたがって、激しく腰を振っていた。

古い車のシートがぎしぎしと軋《きし》み、ルームランプに黒髪を解いた寿美子の色っぽい顔が浮かびあがっている。

夢でも見ているようだ。しかし、これは現実であることもわかっている。

「ああ、もうダメ……」

寿美子が前に突《つ》っ伏《ぷ》してきた。

柔らかい髪が顔に触れるのを感じながら、抱きしめていると、寿美子が囁《ささや》いた。

「ねえ、突きあげて」

ああ、そうだった。こういうときは自分から……。

栄太は腰を撥《は》ねあげる。シートが軋むほど力強く撥ねあげると、寿美子は上で弾《はず》んで、

「あん、あん、ぁあん……すごい。おチンチンが前を擦ってくる。いいところに当たっているのよ」

寿美子がぎゅっとしがみついて、もうどうしていいのかわからないといった感じで、身悶《みもだ》えをする。

(おかしいな。俺のチンチン、そんなに具合良かったか?)

前の彼女はそんなこと言ってくれなかった。女によって性感帯も感じ方も違うのだろう。

緋襦袢のまとわりつく背中を抱き寄せて、擦りあげていると、栄太のほうが

我慢できなくなった。

「ああ、出そうです」

訴えると、まだ早いわよ、とばかりに寿美子が上体を立て、腕を袖《そで》から抜いてもろ肌脱ぎになった。

まるで、昔の任侠《にんきょう》映画でも見ているようだ。しかも、こぼれでた乳房は大きくて、形もいい。抜けるように白い肌で、しかも、乳首は透き通るようなピンクだ。

やはり、年齢と乳首の色は関係ないらしい。見とれていると、

「舐めて……」

と、寿美子が乳房を突き出してきた。ごくっと生唾《なまつば》を呑みつつ、おずおずと突起にしゃぶりついた。すると、寿美子は「ああ、いい……」と声をあげ、自分から腰を揺すりはじめた。

イチモツがぐにぐにと揉み込まれるのを感じながら、乳首を舐めて吸う。手でつかんで、顔を押しつけ、うぐうぐ頬張ると、寿美子の様子がさしせまってきた。

「ああ、ああ、感じる……上手よ。舐めるの上手よ……ああ、よかと。気持ちよか……ああう」

博多弁を交《まじ》えて訴えてきたので、栄太はますます昂奮した。

今度はどうにか持ちそうだった。乳房を鷲づかみにして、腰をぐいぐい撥ねあげると、

「あん、あん、あん……よか、よか……ああ、イキそうよ」

「イッてください。おおう!」

吼えながら突きあげたとき、寿美子は「くっ」と短く喘《あえ》いで、しばらくぶるぶるっと痙攣《けいれん》していたが、やがて、ぐったりした。

イッたのだ。別れた彼女は絶頂に昇りつめたことがなかったので、女をイカせたのは初めてだった。

(女の人って、こんなになるんだな……)

感動していると、寿美子が復活して、「すごいわね。まだカチカチだわ」と微笑《ほほえ》み、いったん結合を外して、シートに後ろ向きで這《は》い、

「ねえ、後ろからちょうだい。できるでしょ?」

「はい、一応……あの、うかがいたいことがあるんですが？」

「何……？」

「オマ×コを、博多ではどう呼ぶんでしょうか？」

「知りたいの？」

「はい……これから全国をまわるので、知っておきたいなって」

「へんな人ね……そうね、『ぼぼ』とも言うけど、音《おん》が恥ずかしいから……そうね、『めめしゃん』がかわいいかな」

「かわいいです。よし、では女将のかわいいめめしゃんに、俺のおチンチンを……」

　燃えるような緋襦袢をめくりあげると、むっちりとしたヒップがこぼれでた。セピア色の尻の窄《すぼ》まりが恥ずかしそうにひくつき、その下で縦に長い蘭《らん》の花に似た雌花《めばな》がうっすらと口を開けている。

　いきりたつものを慎重に押し込むと、

「ああ、よか……」

　寿美子が手でシートをつかんで、顔をのけぞらせた。

「奥まで、来てるわ……ああ、カチカチが突き刺さってる。突いて、寿美子をメチャクチャにして」

「おおう……！」

吼えながら、後ろから闇雲《やみくも》に突いた。

「あん、あん、あん」と喘いでいた寿美子が言った。

「教えてあげる。私の肩をつかんで、引き寄せてみて……そうよ、それ……力が逃げないから、すごくいいのよ」

「ありがとうございます。勉強しました」

両肩を後ろからつかみ寄せて、がんがん突くと、確かに挿入が深く感じる。

垂れさがった長い黒髪、もろ肌脱ぎであらわになった真っ白ですべすべの背中、緋襦袢がまとわりつくふっくらとした尻……。

夢中で突くと、尻と下腹がぶつかる乾いた音が撥ねて、車内に響きわたる。

むっとした雌《めす》の香りがひろがって、ワゴンもストロークのたびに揺れている。

つづけて打ち込んでいると、奥の扁桃腺《へんとうせん》みたいなふくらみが先端にからみついてきて、しかも、入口がぎゅんぎゅん締まってきて、栄太も追いつめられた。

「うおお、出そうです」

「ああ、私もイキそうよ。めめしゃんが喜んどお……よかとよ。よか、よか……ああ、来て！」

「おおうう、出ます！」

力を振り絞って叩き込むと、

「あん、あん、あん……来るわ、来る……」

「イッてください。出します」

連射したとき、

「いやあ、イク、イク、よかと……うぁあああああ、くっ」

寿美子は嬌声《きょうせい》を張りあげて、シートをつかみながら、のけぞり、がくがくっと震える。

博多で出逢った女将が絶頂に達したのを見届けて、ダメ押しとばかり、もう一突きしたとき、栄太も放っていた。

ひさしぶりの女体への射精は、目くるめくような強烈な歓喜に満ちていた。

第二章　親不孝通りの若妻

1

翌日、栄太は親不孝通《おやふこうどお》りを少し入ったところにあるマンションの一室で、熱いモツ鍋《なべ》をフーフーしながらご馳走《ちそう》になっていた。

ダイニングテーブルの向こうには、二十六歳のチャーミングな若妻である小《お》関《ぜき》七海《ななみ》が、自分は箸《はし》をつけることもなく栄太を見て、

「味のほう、大丈夫ですか？」

かわいらしい顔で訊いてきた。

「ええ、すごく美味《おい》しいです！　博多のモツ鍋を食べたいとずっと思っていたんで」

「ふふっ、よかった。寿美子さんから、お金がなくて困っているみたいだから、何か食べさせてあげてって言われたんです。でも、私、料理が下手だから」

「そんなことないです。味付けもいいし、モツも柔らかくてプリプリしていて、抜群です」

言うと、七海が安心したのか、ようやくほっとした顔をした。

じつは昨夜、寿美子には、バイブ三本と男を元気にする媚薬《びやく》を二箱買ってもらった。その上、顧客として七海を紹介してもらったのだ。

栄太は箸を止めて、訊いた。

「あの、女将さんとは親しいんですか？」

「あの店の常連なんです。とくに主人が女将さんに首ったけで、私も主人によく連れていってもらっているから」

そう言う七海は、目鼻立ちのくっきりとしたかわいい感じの美人で、小柄だが、ニットに包まれた胸は大きく、どうしても目がオッパイに引き寄せられてしまう。

「俺の仕事、アダルドグッズのセールスだってこと、わかっていますよね？」

七海がはにかんでうつむいた。それから、

「じつは私たち、夫婦生活が上手くいっていないんです」

頬を赤らめる。

「私、してもあまり感じないんですよ。前につきあっていた人ともそうだったから、主人のせいじゃないんです。だから、主人に申し訳なくて……それを、あの店で主人が酔っているときに愚痴《ぐち》ったことがあって、女将さんは覚えていたんだと思います」

「それで、俺を紹介したってことですね？」

「はい、たぶん……あの、女性が感じやすくなるアダルトグッズってあるんでしょうか？」

七海がすがるようにつぶらな瞳《ひとみ》を向けてきた。

その愛らしさにドキッとしながらも、栄太は研修期間に叩き込まれた商品知識を必死に思い出した。そうだ、あれだ。

「もちろん、ありますよ」

「では、お鍋を食べ終えたら、あの……」

うなずいて、栄太はモツ鍋醤油味《しょうゆあじ》を急いでかきこみ、ご馳走様をした。

それから、リビングで大きなスーツケースに入れてきた商品見本を出す。

「これなんか、うちではスタンダートなバイブでして……」

と、ピンクのパールが回転するバイブを取り出して、七海に見せた。七海はバイブを見るのは初めてらしく、目をまん丸にしていた。

栄太が使い方を説明して、スイッチを入れると、頭部がくねくねして胴体が回転し、うさぎの耳が激しく振動した。それを手にしていた七海が、

「キャッ……！」

と、バイブを手から放した。

絨毯《じゅうたん》の上に落ちたバイブがシャー、シャーと唸りながら頭部をくねらせるのを見て、

「いやっ……！」

七海が顔を両手で覆《おお》って、ぎゅうと膝を閉じ合わせた。

二十六歳の人妻なのに、まるで処女みたいな恥ずかしがり方だ。

バイブを拾ってスイッチを切り、

「内緒《ないしょ》ですが、寿美子さんにお買い上げになっていただきました」

「えっ、女将さんが？」

「はい……でも、奥様にお勧めしたいのは、これではありません。この……」

と、小さな容器を取り出して、

「まず、これをク、クリトリスに塗りますと、すごく感じてきて、感度が良くなるみたいなんです」

七海に手渡した。

「これが？　ほんとうですか？」

「はい……セックス産業の本場であるアメリカで開発されたもので、ハーブから抽出《ちゅうしつ》したもので、メンソールフリーです。少しお高いですが、その代わり、効果は実証済みですから」

七海が信じきれていない様子なので、

「試していただいてもよろしいですよ。これはサンプルなので」

「でも、恥ずかしいわ……」

「後ろを向いていますので、安心してお試しになってください」

栄太がくるりと背中を向けると、しばらくしてカサコソと音がして、七海の声がした。

「もう、大丈夫ですよ」

振り向くと、七海がまくれあがったスカートをおろして、ぎゅうと太腿をよじり合わせた。

心なしか、かわいらしい顔が赤くなっている。

「それから、これは……」

と、大きめの瓶《びん》を取り出して、

「Gスポット用のクリームでして……これを指でGスポットに塗ってマッサージすると、どんどん感受性が増してきます」

他にも、媚薬類の紹介をする。

「最近は女性用の媚薬がどんどん開発されていまして、うちも女性のための媚薬類の売り上げが伸びております……」

栄太がサンプルの解説をしていると、七海の様子が変わった。

「あの……藤森さん、私、何かへん……」

ボックススカートの上から股間を手でぎゅうと押さえ、むっちりとした太腿をずりずりと擦り合わせて、何かをせがむように栄太を見る。

「どうなさいました？」

「何か、スースージンジンして」

七海が股間に押し当てた手でクリトリスのあたりを押さえながら、微妙に指を動かしている。

（やっぱり、ちゃんと感じるんだ）

実際に効果があるとは聞いていたが、まさかこんなに効《き》くとは……！

2

（最近の媚薬って、すごいんだな！　さすがに、本場で開発されたものは違う）

栄太のなかには、どうせ眉唾《まゆつば》物だろうと商品を見くだしていた面があった。

だがそうではなかったのだ。

「あの……頼んでいいですか？」

「あ、はい……何でもどうぞ」

「……その、Ｇスポット用のクリームも試してみたいんです」

　七海が腰をもじもじさせながら、恥ずかしそうに言う。

　栄太が容器を差し出すと、七海はキャップを外し、白濁《はくだく》したクリームを中指に押し出した。自分から後ろを向いて、スカートのなかに手をすべり込ませ、

「見ないでくださいね……見ないで……ぁあああうぅぅ」

　喘ぎながら、がに股になった。おそらく、クリームのついた指を膣のなかに押し込んだのだろう。

「うっ……塗るんですか？」

　喘ぎあえぎ訊いてくる。

「塗り込みながら、マッサージすると効果があがると書いてあります」

「……ああん……そんなこと、できない……ぁあああうぅ」

　口ではそう言いながらも、七海は中指を膣に押し込んで、マッサージしているようで、手ばかりか腰も揺れている。

　塗り終えたのか、指を外して、こちらを向き、ソファに腰をおろした。びっくりしたのは、栄太を見るその目がさっきまでとは明らかに違っていて、とろんとして潤《うる》んでいることだ。

（七海さんは自分を不感症だと言っていたけど、感じているんじゃないか？）

その証拠に、腰が微妙に揺れているし、相変わらず右手をスカートの股間に当てて、ぎゅうと押さえ込んでいる。

そのとき、七海の視線がセンターテーブルに置いてあったバイブに落ちた。まるで釘付《くぎづ》けにされたようにじっと見ている。

（そうか……）

栄太はバイブをつかんで、スイッチを入れた。シャー、シャーとくねりはじめた人工ペニスを見ていた七海が、

「ぁああ……」

ぎゅうと股間を手で押さえて、こらえきれないといった喘ぎを洩らした。

赤い舌で上唇を舐めているのを見て、栄太は隣に腰をおろした。

くねくねするバイブをそっと口許に押しつけると、七海は下からツーッ、ツーッとバイブを舐めあげ、小さな唇をいっぱいに開けて、くねる先端を頬張った。

ピンクのバイブは先端をくねらせながら、胴体が回転している。途中まで頬

張っているので、唇を無数のパールが回転しながら擦っている。奥のほうでは、本物そっくりの雁首《かりくび》がくねくねと揺れ動いていることだろう。

（ああ、すごい！　エッチすぎる！）

栄太は大昂奮しながら、おずおずとバイブを抜き差しする。すると、ふっくらとした唇をバイブがすべりながら、出入りを繰り返して、

「んんっ、んんん……んんんっ」

七海の呻《うめ》く声がだんだん大きくなった。

分泌《ぶんぴつ》する唾液《だえき》がバイブでかきまわされているのか、いやらしい音がする。

と、七海は顔をそらすようにしてバイブを吐き出し、

「ああ、これで、あの……」

栄太をちらりと見て、顔を伏せた。

「どうしたらいいですか？　何でもやらせてください」

「あの……それで、あそこを……ジンジンしているんです。クリが疼《うず》いてるし、なかも熱くなってきた。奥が火照《ほて》っているんです。それで……掻きまわして、お願い」

潤みきった瞳を向けて、必死に哀願《あいがん》してくるのだ。

栄太はソファを降りて前にしゃがみ、七海の膝をつかんでぐいと開かせた。すると、肌色のパンティストッキングを通して、白いパンティが透けだしていた。しかも、下のほうには涙形のシミが浮きだしているのだ。

ごくっと生唾を呑んでいた。

ほんとうはじかに当てたい。しかし、栄太はセールスマンであって、本来は顧客に手を出してはいけない存在だから、どうしても遠慮してしまう。

パンティストッキングの上からくねるバイブを押し当てると、

「あっ……あっ……ああ、気持ちいい……初めて、こんなになったの、初めて……ぁあああ、もっと、もっと強くしてください」

七海が下腹部をせりあげてくる。

ならばと、バイブを回転させて、クリトリス用のウサギの耳をクリトリスの突起に擦りつけた。

ウサギの耳が激しく振動しながら飛び跳ねるようにして、突起を刺激して、

「ああ、これ、気持ちいい。気持ちいい……ぁあ、もっと強くぅ」

七海がせがんでくる。

「このくらいですか？」

栄太がスイッチを押すたびに、振動が強くなり、リズムも変わる。

「ぁあああ……いい！　お願いです。じかに、じかにください」

七海がもっととばかりに腰を突きあげて、せがんできた。

（お客さんがそう言うんだから）

栄太は免罪符《めんざいふ》をもらった気分で、パンティストッキングを脱がし、さらに、白いレース刺《し》しゅう付きパンティも抜き取っていく。

七海が「ここよ」とばかりにぐいと足を開いて、膝を持った。

（こ、これは……！）

唖然とした。なぜなら、あるべき恥毛《ちもう》がなかったからだ。

つるっとしたパイパンが、ピンクの肉びらをひろげて、赤い内部をのぞかせている。しかも、内側は淫蜜でぐちゅぐちゅで、きれいに剃毛《ていもう》された外側とのアンバランスさが、卑猥《ひわい》だった。

「永久脱毛しているんです。お手入れが面倒だし、主人がこれがいいと言うので……いやん、じっと見ないで、恥ずかしい」

七海が内股になったので、膝をつかんで開かせた。

こういうのを土手高《どてだか》と言うのだろうか、ツルツルの恥丘《ちきゅう》も陰唇《いんしん》もふっくらとして盛りあがり、中心の切れ目が深い。

3

「ほんとうにいいんですか？」

「ええ、もう欲しくてたまらないの。クリちゃんがジンジンして、なかもウズウズしているの……それに、子供はいないし、主人は夜まで帰ってこないから、時間はいっぱいあるの、だから……」

七海が下腹部をせりあげて、せがんでくる。

そういうことならと、栄太はバイブのウサギの耳をクリトリスらしいところに押しつけた。激しい振動で躍動している耳が突起を挟み付けるように叩いて、

「ぁあぁ……それ……くっ、くっ……ぁあああぁぁ、気持ちいい……痒《かゆ》いとこ

ろを掻いてもらっている感じ。ぁああ、あああ……ねえ、ねえ……」

七海が腰を上下に打ち振った。

「どうしてほしいんです？」

「それを、なかにください……なかが疼いてるの」

そう訴える七海の花園には、とろっとした蜜がしたたり落ちていた。

（いいんだ。お客さんがそうしてくれって言ってるんだから）

栄太は自分を正当化する。

バイブは胴体のパールがすごい勢いで回転しながら、頭部がくねっている。

シリコン製の頭部を小さな膣口に押し当て、ドリルの原理でゆっくりとまわしながら押していくと、それが入口を押し広げていき、ぬるっと嵌まり込み、

「ああああ……！」

七海ががくんとのけぞった。自ら両手で両膝を抱えるように開いて、

「ああ、すごい……ぐりぐりしてくるぅ」

かわいらしい顔をゆがめて、すっきりした眉を八の字に折る。

（あまりストロークはしないほうがいいんだったな）

昨夜の寿美子の教えを守って、抜き差しはしないで押しつけたままにする。

しばらくじっとしていると、七海がぶるぶると震えはじめた。

「ぁああ、すごい……Gスポットをぐりぐりしてくるの。こんなの初めて……こんなの……ぁあああ、ねえ、奥にも欲しい」

七海がねだってくる。

不感症に悩んでいたはずなのに、今はもう完全に発情していて、湧きあがる性欲をコントロールできない感じだ。

(すごいじゃないか。うちの媚薬はほんとうに効くんだな)

これまでは会社のセックストイに半信半疑だった。しかし、七海が身悶えをしている姿を見て、自社の製品に自信が持てた。

(昨日の寿美子さんもそうだった。我が社の製品は顧客のセックスを助けるんだ。役に立つんだ)

そう思うと、やる気が湧いてきた。

(そうだ。ここで、ウサギの耳をクリちゃんに当てれば)

深さを調節して、ウサギの耳が肉芽を弾《はじ》くようにした。と、すぐに七海の気配が変わった。

「ぁあああ、いい……ぁああ、ああ……クリもなかも両方いい。ぁああ、ああああああ……」

愛らしくも色っぽい声をあげて、盛んに腰をくねらせる。

パイパンで恥丘にも周囲にも陰毛がないから、ふっくらとした陰唇がバイブにまとわりつき、かるく抜き差しするたびに恥丘がバイブの形に盛りあがるのがわかる。

思いついて、反対回転のスイッチを押し、さらに、パワーを強にする。

七海はがくん、がくんと震えていたが、

「ねえ、ねえ……」

とろんとした目を向けてくる。

「な、何でしょうか？」

「ここまで来たら、本物が欲しい。藤森さんのおチンチンをください」

七海は欲情にぎらつく目で言って、栄太の股間に手を伸ばしてきた。ズボンを三角に押しあげたものをつかんで、もどかしそうにしごいてくる。

「よ、よろしいんですか？」

「はい……やっぱり、生のほうがいいような気がする。だから……」

「あの……」

「何……？」

「その代わりに、あの、商品を買っていただけますか？」

「買います。媚薬もバイブもたくさん買います。だから、これを」

七海が上体を起こし、ソファから身を乗り出すようにして、栄太のズボンとブリーフをおろした。

顔を寄せてくるので、「ちょっと待ってください」と商品のなかから、化粧水の瓶のようなものをピックアップした。

「これ、あの……オーラルセックス用のジェルで、男性器に塗るとすごく甘くて、香りも味もストロベリーみたいなんです。これも、使ってみますか？」

「ええ……私、男性器の匂いが苦手だからちょうどいいです」

「じゃあ……手を出してください」

七海が右手を差し出したので、そこにプッシュ式の瓶からオレンジ色のジェルを出した。

たちまち甘いイチゴの香りがひろがって、七海がそれを勃起になすりつけてくる。

「伸びがいいのね。それに、すごく甘い香りがする」

にゅるにゅると肉柱に伸ばされると、ローションマッサージでも受けているような心地よさがあって、ますますいきりたった。

塗り終わると、七海が下から舐めあげてきた。にゅるっ、にゅるっと勃起に舌を這わせて、

「甘いわ。イチゴショートを食べているみたい。ああん、美味しい……」

肉柱の側面や前面まで舌を走らせ、ぴちゃぴちゃと舌鼓《したつづみ》を打った。それから、上からすっぽりと頬張ってきた。

ソファに座ったまま前に屈みながら、屹立に唇をすべらせる。

七海の股間にはいまだイブが挟まっていて、くぐもった音を立てている。

七海の顔の振り方がどんどん速くなってきた。しかも、甘すぎてあふれでる涎《よだれ》をジュルル、ジュルルと啜《すす》りあげるので、栄太もどんとん気持ち良くなって

くる。

「ああ、くっ……出ちゃう！」

ぎりぎりで訴えると、七海はちゅるっと吐き出して、

「ください。これを、ください」

唾液とジェルでぬめ光る肉柱を握りしごきながら、潤んだ瞳で見あげてきた。

4

七海のニットを脱がし、ブラジャーも外すと、小柄だが、胸も尻も発達したむちむちした裸身が現れた。とくに乳房はグレープフルーツみたいだ。

七海は恥ずかしそうに身をよじりながらも、

「ください。後ろから……」

ソファに両手を突いて、腰を後ろに突きだしてきた。

後ろからの立ちマンなど初めてだ。上手くできるのかと不安になったが、ここはやるしかない。

パイパンの割れ目に切っ先を押し当てて、慎重に進めていく。すでに洪水状態の肉路はぬるぬるっと切っ先を呑み込んでいき、

「ぁあああ……！」

七海は足を内股にして、がくっ、がくっと震えた。栄太は膝が落ちそうになるのを支えて、奥まで突き入れる。

「おおぅ……！」

声をあげたのは、栄太のほうだった。

すごく温かいなかはキツキツで、波打つようにして勃起を締めつけてくるのだ。

（すごい……これで不感症だなんて信じられない！）

すくにでも洩らしてしまいそうなのをぐっとこらえて、ぐいぐいと屹立を叩き込んだ。

「ん、んっ……あん、あんっ……！」

七海が前後に身体《からだ》を揺らしながら、喘ぎをスタッカートさせる。

「感じますか？」

「はい……カチカチンのおチンチンが擦ってくるの。きっと、媚薬のせいね。あそこがジンジンして、そこを突かれると、たまらなくなる。もっとしてほしくなる。初めて、こんなの初めて……ああん、突いて、もっと」

「行きますよ。おおぅ！」

吼えながら、ズンズン突いた。

ぷりっとした尻を見ながら、きゅんとくびれたウエストを引き寄せて腰を突きだすと、切っ先がとても窮屈なところを押し広げていき、

「あんっ……あんっ……」

七海は内股になって、がくがくっと膝を落とす。

調子に乗って突いたせいか、いきなり射精しそうになって、栄太はくっと奥歯を食いしばり、動きを止めた。

すると、七海がもっと突いて、とばかりに、自分から身体を前後に打ち振って、

「ぁああ、あああ、恥ずかしい……でも、止まらないの。私、へんになってる。へんになって……ぁあああ、いやああ」

七海ははげしく腰を振って、尻を打ちつけてくる。

「ああ、くっ……！」

放ちそうになって、栄太はとっさに肉棹を引き抜いた。

「ぁあん、いなくなった……」

七海が振り返って、今にも泣きださんばかりの顔で栄太を見た。

「す、すみません。今度は、前からでいいですか？」

うなずいて、七海はソファに仰向けになり、早く欲しいという顔をする。

（確かこういうときは……）

自分もソファにあがって、七海の両膝をすくいあげた。ぐっと持ちあげると、パイパンの恥肉があらわになった。つるっとした陰唇や恥丘に愛蜜が付着して、ぬらぬらと光っていた。

（すごい、すごすぎる！）

栄太はいきりたつものを押し当てて、体重をかける。蜜にまみれた入口にスムーズに入り込んでいき、

「ぁああ、カチカチ……くっ！」

七海が後ろ手に肘掛けをつかんで、のけぞり返った。

栄太は膝裏をつかんで押しつけながら、ぐいぐいとえぐり込んでいく。

「あんっ、あんっ……ああ、うれしい。私、ちゃんと感じてる。感じてるぅ」

「感激です。俺もうれしいです」

「ねえ、オッパイを……」

七海がせがんでくるので、前に屈んで、乳房をつかみ、先端に吸いついた。透きとおるようなピンクの小さな突起を口に含み、チューチュー吸った。

「あっ……あっ……ぁああ、たまらない。たまらないよぉ」

七海は気持ち良さそうに顔をのけぞらせながら、下腹部をもっとちょうだいとばかりにせりあげてくる。

(かわいい。しかも、エロい！)

ミドルレングスの髪が張りつく顔は桜色に上気し、引《ひ》き攣《つ》った首すじから胸にかけても朱色《しゅいろ》が走っていた。

(そうか、こうすれば……)

栄太は腰をつかって勃起を沈み込ませながら、その勢いを利用して、乳首を舐めあげ、舐めさげる。

しこって硬くなった乳首が舌でぬるっ、ぬるっとなぞられ、同時に下を突かれて、七海はますます気持ち良くなったのか、

「ぁああ、こんなの初めて……両方いいの。乳首も下も……ぁああ、へんなの。下のお口がへんなの……」

膣肉が痙攣するように波打ち、入口と奥がびくびくっと肉棹を締めつけてくる。

「きっとそれがイクってことだと思います。俺も出そうです。出していいですか？」

「いいよ。いっぱいちょうだい」

七海がやさしい目で見あげてきた。

「ああ、出そうです。ぁああ、ああ……イキますよ」

栄太は片手で乳房をぐいとつかみ、のけぞるようにして強く腰を叩きつけた。

「あんっ、あんっ、あんっ……ぁああ、来る。来る、来ちゃう！」

七海が栄太の腕にぎゅっとしがみついてきた。膣も締まって、栄太は吼えな

がらラストスパートする。

「あん、あん、あんっ……ぁあああ、来るぅ！」

「ぁああ、出します！」

止めとばかりに一撃を叩きつけたとき、七海がのけぞりながら、震えだした。

それを見て、栄太も抑制を解き放った。熱いものがしぶき、脳天まで突き抜けていくような射精感に貫《つらぬ》かれる。

「ぁあああ、くっ……くっ！」

栄太の身体の下で、七海がしがみつきながら、凄艶《せいえん》な声とともに、がくん、がくんと躍《おど》りあがった。

第三章　出雲の人妻ツアー

1

藤森栄太は出雲大社《いずもたいしゃ》の駐車場に車を停めて、まずは腹ごしらえと近くの蕎麦《そば》屋に入った。

ちょうど昼時とあって、店内は混んでいた。二人の女性が蕎麦を啜《すす》っていて、そこに割り込む形になって、

「すみません」

栄太は謝り、このへんの名物である出雲の割子《わりこ》蕎麦を頼んだ。

(失敗だったかな……)

麦茶を飲みながら、栄太は頭を抱えた。

博多では、二人の女性に大量に玩具を購入してもらい、意気《いき》揚々《ようよう》と九州を発《た》った。

山陽《さんよう》地方をまわったほうが人口の多い都市がある。なのに、栄太が日本海沿いのルートを選んだのは、出雲大社に来たかったからだ。

ここへ来る途中で車中泊をし、町をまわったものの、全然売れない。山陰《さんいん》地方の女性はそもそもアダルトグッズなどに興味がないのかもしれない。今日だって、出雲大社に参拝した後の予定はまったく立っていない。

そうこうしているうちに、蕎麦が出てきた。重箱が三段に重ねられていて、他に薬味《やくみ》とだし汁がついている。

(うん、どうやって食べるんだ?)

頭を悩ませていると、斜め向かいに座っていた女の人が、食べ方を教えてくれた。

普通は蕎麦をだし汁につけるのだが、ここはだし汁を一番上の割子蕎麦にかけて、食べ終えたら、残っただし汁を二段目、三段目にかけていくのだと言う。

「全然、知りませんでした。ありがとうございます」

礼を言うと、女の人が微笑んだ。

年齢は三十代半ばだろうか、凛《りん》とした顔立ちで、かるくウエーブした髪が艶《なま》めかしい。

どうやら二人連れのようで、彼女の正面には二十代だろうか、ショートカットでかわいい感じの女性が座っている。

気になって、旅の途中ですか、と訊くと、そうだと言う。

年長のほうが高井《たかい》千鶴《ちづる》で三十六歳、年下のほうが野中《のなか》麻美《あさみ》で二十六歳。二人は東京に住んでいて、女二人で出雲大社を訪れたのだと言う。

名前ばかりか年齢まで教えてくれたのだから、自己紹介しないわけにはいかない。こういう者です、と名刺を出した。

「今も仕事で、日本中をまわっているところです」

千鶴が興味津々《きょうみしんしん》という顔をした。これはチャンスかもしれない。

当たって砕けろの精神で、声を潜めて言った。

「名刺の『HT』ってハニーホットの略で、じつは女性用のアダルトグッズを売り歩いているんです。駐車場のワゴンに大人の玩具が積んであって、それを売り切るまでは会社に帰ってくるなと言われています」

多分、軽蔑《けいべつ》されて終わりだろうと思っていた。だが、返ってきたのは意外な反応だった。

「そう……面白そうじゃない」

千鶴が髪をかきあげて、目を細めた。

「麻美はびっくりしちゃってるみたいだけど」

千鶴の言うように、麻美はぽかんと口を開けている。

「藤森さんは、今夜、どこに泊まるのかしら？」

「それが決めてなくて。基本、車中泊と決めてるんですが……」

「可哀相。ひどい会社ね。私たち、今夜は宍道湖《しんじこ》のほとりのホテルに泊まるんだけど、よかったら、来ない？」

千鶴がまさかのことを言った。

「来なさいよ。後でホテルとルームナンバーを連絡するから、部屋を訪ねてきなさい。ふふっ、グッズも忘れないでね。じゃあ、私たちはこれから参拝だから」

千鶴は麻美とともに席を立って、店を出ていった。

栄太はしばし呆然《ぼうぜん》としていたが、これはチャンスだ、運がまわってきたと思いなおした。

まだ手つかずの出雲蕎麦をズズズッと啜った。

出雲大社に参拝して、どうか仕事が上手くいきますように、商品が売り切れますようにと、出雲の神様に祈願《きがん》した。

それから、出雲の家々をまわってセールスをしたものの、ご利益《りやく》はなく、ものの見事に門前払いを食らった。やはり、神様の地元では大人の玩具など見向きもされないみたいだ。

このままひとつも売らずに出雲の地を去るのは、つらすぎた。そのとき、スマホに千鶴から電話が入った。

旅館と部屋を教えられ、待っているから、と言われ、栄太は、渡りに舟とばかりに飛びついていた。

ワゴン車を走らせて、宍道湖近くのホテルに到着した。

グッズを入れたバッグを持ち、フロントを素通りして、彼女たちの部屋に向かった。２０６号室のドアをノックすると、

「藤森さんね。入って……開《あ》いているから」

千鶴の声がした。

「失礼しまーす」

ドアを開け、なかを見た瞬間、栄太は唖然とした。

広い和室には二組の布団《ふとん》が敷かれていて、こちら側の布団の上で、浴衣姿の二人がからみあっていた。

（えっ……！）

びっくりしすぎて、声も出ない。

上になっているのは千鶴で、仰向けに寝ている麻美の乳房に貪《むさぼ》りついている。

麻美はもろ肌脱ぎにされて、服の上からではわからなかった大きな乳房をモミモミされ、ちゅぱちゅぱ吸われて、

「くっ……くっ……」

洩れそうになる喘ぎを必死に押し殺している。

「いらっしゃいな。グッズを買ってあげるから。それとも、売る気はないの？」

千鶴が乱れた髪をかきあげて、色っぽく見あげてきた。

もちろん、買ってほしい。それ以上に、二人を見たい。

「後で商品を見せてもらうから、少しだけそこで見ていて」

栄太はおずおずと畳に座った。

2

畏《かしこ》まって正座する栄太の目の前で、千鶴が帯を解いて、浴衣を肩からすべり落とした。

温泉につかっただろう色白の肌はところどころピンクに染まり、スレンダーだが出るべきところは出た均整の取れた身体をしていた。釣鐘《つりがね》形の乳房はほどよい大きさだが、尻がとくに豊かだった。

三十六歳の人妻の一糸まとわぬ姿に見とれていると、千鶴は這うようにして、麻美のお椀形の巨乳を揉みながら舐め、下へと舐めおろしていく。

「いや、お姐様《ねえさま》……恥ずかしいわ」

麻美が顔をそむけた。

「だから、訊いたじゃないの。そうしたら、麻美も藤森さんを気に入ったって言うから、呼んだのよ。あなただって見られているほうが感じるでしょ？　わかっているんだから」

そう言って、千鶴は麻美の浴衣を剥《は》ぎとっていく。

小柄だが、むちむちとした身体をしていた。乳房は豊かで、巨乳と言ってよく、下半身もほどよく肉がついている。下腹部の繊毛《せんもう》は若草のようにやわやわと薄い。

ドキドキしながら見ていると、千鶴は足の間にしゃがんで、麻美の膝をすくいあげた。

「あんっ……いやっ」

「ふふっ、かわいい声ね。男が見ていると、カマトトぶるのね」

微笑んで、千鶴が太腿の奥に顔を埋めた。顔を動かして、そこをクンニしているのがわかる。そして麻美は、

「んっ……んっ……ぁああう、いいのよぉ」

手の甲で顔を覆いながらも、足の親指をぎゅうと折り曲げる。

（ああ、すごい……！）

まさか、偶然出逢った二人がレズビアンだったとは……！

もちろん、こんなシーンを目の当《ま》たり《あ》にするのは初めてだった。

びっくりしすぎて、気持ちがついていかない。しかし、身体は反応して、イチモツがズボンの股間を痛いほどに突きあげている。

呆然として見守るなか、千鶴のクンニは激しさを増して、顔を忙しく上下動させ、ジュルジュルッと唾音を立てて、吸いつく。

きっとクリトリスを吸われているのだろう、麻美はのけぞり返って、

「あっ……あっ……」

こらえきれないといった声をあげる。

「どうしたの、麻美？　もう、イキそうなの？」

「はい……はい……」

「いいのよ。イッて」

「ああん、でも……」

「藤森さんに見せてあげましょうよ」

千鶴が股間に顔を埋めて、一杯に出した舌をれろれろさせる。

かなり下のほうだから、きっと膣口だろう。そこに舌を打ちつけながら、自分も感じるのか、千鶴も腰をくねらせている。

這うようにして尻を突きあげ、もどかしそうに腰を振りながら、女の恥肉を舐めている。欲望が募《つの》った。

(ああ、あのケツを持って、後ろから嵌めたい!)

栄太もこの旅で二人の人妻と経験をして、セックスに慣れてきていた。我慢できなくなり、ズボンのなかに手を入れて、勃起を握った。ドクッ、ドクッと強く脈打っている分身をゆったりとしごいた。

「ぁああ、あああ、お姐様……ダメっ……ダメッ! ぁあああ!」

麻美がシーツを鷲づかみにして、のけぞり返った。

「何がダメなのかしら? いやなら、やめましょうか?」

千鶴が意地悪く言う。

「いやいや……やめないで」

麻美が顔を持ちあげて、千鶴を見た。

「どうしてほしいの?」

「イカせて……麻美をイカせてください」

「ほんと、我が儘なんだから。いつもイキたくてしょうがないのよね。ダンナとセックスしても感じないからって、そのツケが全部、私にまわってくるんだから」

「ゴメンなさい、あまりご迷惑をかけないようにします」

「いいわ。イカせてあげる。藤森さんに見てもらうのよ。恥ずかしいところを」

千鶴はちらりと栄太を見て、栄太がイチモツを握っていることに気づいたのか、にこっとした。

それから、指で陰唇をタッチしながら、クリトリスを舐めはじめた。すごい勢いで舌を打ちつけ、肉芽をチューッと吸い込む。

「いやんん……！　ぁあああ！」

麻美が仄白《ほのじろ》い喉元をさらして、のけぞった。

「あああ……あああ……」

くなくなと気持ち良さそうに腰を揺すっていたが、それが段々切羽詰まってきて、

「ぁああ、イキそう……」

ぐぐっと下腹部をせりあげた。

千鶴が小刻みにクリトリスを吸っているのがわかる。麻美は首を激しく左右に振っていたが、ついには、

「イク、イク、イッちゃう……イキます……いやぁあああぁぁ、うぐっ！」

最後は右手の甲で口をふさいで、グーンと身体を伸ばした。足先までピーンとさせて、痙攣する。

それから、がくん、がくんと大きく震えて、力尽きたように動かなくなった。

千鶴がこちらを見た。

「藤森さん、お願い、入れて！」

「えっ……？」

「私もイキたいの。わかるでしょ？　商品を買ってあげるから」

まさかの展開に驚きながらも、栄太は急いでズボンとブリーフをおろした。

イチモツは下腹を打たんばかりに勃起している。

「あら、すごい角度……初めてよ。裏筋が完全に見えてるのは」

千鶴が目を剝《む》いた。

「すみません。勃起の角度だけはすごいと言われます。実際は全然大したことないんで、多分、失望すると思いますが……」

「やってみないとわからないじゃないの。ちょうだい、早く」

千鶴がぐいと尻を突きだしてきた。

栄太は真後ろにまわり、いきりたつものを慎重《しんちょう》に押し当てる。

3

「ああ、早くぅ」

「行きますよ」

栄太は急角度でそそりたつものの頭部を押しさげて、バックからゆっくりと腰を入れていく。

二人の人妻と経験をして、挿入にも慣れてきた。

勃起が熱いほどに滾《たぎ》った女の祠《ほこら》に嵌まり込んでいって、

「あうぅ……！」

千鶴が顔を撥ねあげた。

（くおお、からみついてくる！）

入口がとても狭くて、奥のほうはとろとろだ。

人妻のオマ×コはひどく具合がいい。やはり、女性器は多少やり込んだくらいがちょうどいいのかもしれない。

ピストンしたらすぐにも射精してしまいそうで、じっとしていると、焦れたように千鶴が動きはじめた。

這ったまま全身を使って、腰を前後に揺らし、

「んっ……あっ……ぁああん……角度がすごい。上のほうを突きながら擦ってくる。ぁああああ、こんなの初めて」

そう喘ぎつつも、いっそう激しく腰をぶつけてくる。

いきりたつものがどろどろの粘液にまみれて、尻の間に出入りしている。

丸々とした尻たぶと栄太の下腹部が当たって、ぺたんぺたんと音がして、

「あっ、あっ、ぁああん！」

千鶴は髪を振り乱しながら、いっそう腰を強く打ち据《す》える。

こうなると、栄太も自分から動きたくなる。尻をつかみ寄せて、激しく打ちつけた。

千鶴が腰を突きだすのを見計らって、ぐいと突き刺すと、勃起がグンと奥にめり込んでいき、

「うはっ……！」

千鶴がシーツを鷲づかみにした。

すごく感じている。千鶴は両刀遣いで、相手が女でも男でも感じるのだろう。

栄太は両手を前にまわし込んで、乳房をとらえた。柔らかく沈み込む乳肌を揉みしだき、頂上の突起を捏《こ》ねる。

すると、千鶴はこれが感じるのか、

「ぁあああ、いい……いいのよぉ。ぁああ、あああ……突いて。突いてぇ」

自分から腰をぐいぐいと後ろに突きだしてくる。

勃起が粘膜にからみつかれ、栄太も押しあげられる。

(ダメだ。我慢だ。きちんとイッてもらって、商品を買ってもらうんだ)

背中に覆いかぶさっていき、乳房を揉み込みつつ、腰をくいくいと動かす。

と、いきなり、麻美が近づいてきた。

千鶴が上体を持ちあげて、麻美とキスをはじめた。

二人は上体で三角を描くようにして、頂点の部分で唇を合わせている。

エッチすぎた。

しかも、栄太は千鶴をバックから嵌めているのだ。

千鶴は両手で麻美のかわいらしい顔を包み込み、情熱的にキスを浴びせ、それに麻美も懸命に応えているようだ。

「あああ……麻美」

「ああ、お姐様……麻美、幸せ」

チュッ、チュッとキスの音がして、二人はまた熱烈なキスをはじめる。

それを見て、栄太は複雑な気持ちになった。女同士のキスはエッチだった。

同時に、嫉妬《しっと》じみたものを感じて、自然にストロークに力がこもった。

千鶴の腰をつかみ寄せて、後ろからパン、パン、パンッと打ち据える。

突きあげながら、奥までめり込ませていく。千鶴はキスをしながら、白磁《はくじ》の

ような肌に包まれた裸身を震わせていたが、キスをしていられなくなったのか、唇を離して、

「ぁああ、ダメぇ……ダメ、ダメ、ダメ……」

激しく首を左右に振った。

この「ダメ」が心から言っているのではないことは、栄太にもわかる。ダメになるほどに感じているのだ。

ＡＶで見たシーンを思い出して、栄太は後ろから千鶴を羽交《はが》い締《じ》めにした。上体を斜めに立てて、後ろから突かれる千鶴。その千鶴が甘えたように言った。

「……ねえ、麻美、オッパイを舐めて」

麻美がうなずいて、屈むようにして、千鶴の乳房におずおずと顔を寄せた。たわわなふくらみを揉みながら、セピア色の乳首に吸いつき、チュパ、チュパと音を立て、吐き出して、舌で転がす。

と、千鶴の気配が切羽詰まってきた。

「ああ、いい……いいの……イキそう……イキそうなの……突いて、もっと

「……藤森さん、いっぱいちょうだい！」

栄太も女体を羽交い締めながら、思い切り後ろから突きあげる。

千鶴はもっと奥にちょうだいとばかりに、身体を弓なりに反《そ》らせて、腰を後ろに突きだしてくる。

「あん、あん、あん……イクわ、イク……ぁあああああああ、うあっ！」

昇りつめたのだろう。大きくのけぞって、躍りあがり、それから、前に突っ伏していった。

栄太はまだ放っていなかった。

淫蜜にまみれた肉柱が、天井に向かってそそりたっている。

ぐったりしていた千鶴がそれを見て、目の色を変えた。

「口で出させてあげる」

そう言って、栄太を押し倒し、しゃぶりついてきた。自分の淫蜜で汚れているのを厭《いと》うこともせずに、蜜を舐め取り、頬張る。

ジュルルッ、ジュルルッといやらしい音とともに吸いあげられると、栄太はたちまち追い込まれた。

それをわかっているかのように千鶴は根元を握ってしごきあげてくる。同じリズムで先端をストロークされると、もう我慢できなかった。

「出します！」

栄太は熱い男液が口のなかに放たれるのを感じて、武者震いした。

4

部屋でシャワーを浴びた栄太は浴衣に着替えて、二人に商品を紹介していた。

二人にはこれがいいだろうと、双頭のディルドーを見せる。

パープルのシリコン製の張形《はりがた》が中心で合わさって、双方に伸びている。

しかも、先のほうが急激に太くなっていて、Gスポットを刺激するような造りになっていた。

「これなんか、どうでしょうか？」

「ふふっ、いい感じね。実際に使用していい？　使ってみて決めたいの」

千鶴が言って、麻美が頬をポーッと赤らめた。

「もちろん。これはサンプルですので」

「……後は、そうね。じつは麻美がクリをいじるのが大好きなのよ。クリ用のグッズはあるかしら？」

「もちろん、ございます」

栄太はピンクローターを取り出した。

「一見、ごく普通のピンクローターで、もしかしたら、麻美さんもすでにご利用かと思うのですが」

麻美を見ると、恥ずかしそうにうなずいた。

「まあ、いやだ。私に内緒でそんなものを使っていたのね」

「すみません」

「まあまあ、当社の調べでは、現在４３パーセントの女性がローターを使ったことがあるという統計が出ています。麻美さんはある意味普通だと思います。で、うちのは……」

長めのサイズの楕円形のローターを、麻美に持たせた。

「ご覧のように、コードがありません。じつは遠隔操作できるようになっておりまして、こうすると……」

栄太がコントローラーのスイッチを入れると、ローターがビーッ、ビーッと唸った。

「あら、ほんとうだ。すごい振動ね……貸して」

千鶴は栄太の手からコントローラーを奪って、自分でいじりだした。

「なるほど……これで振動のリズムが変わるのね。麻美、貸して」

麻美の手から本体を取り、ビーッ、ビーッと振動するローターを、麻美の浴衣をもろ肌脱ぎにさせて、こぼれでた乳房に押しつけた。

グレープフルーツのようにたわわな乳房を円を描くようになぞると、

「あっ……あんっ……恥ずかしいわ」

麻美が胸を隠して、上目づかいに千鶴を見あげる。

「何が、恥ずかしいわ、よ……ほんとブリッコなんだから……」

淡いピンクの乳首にローターを押し当てる。たちまち乳首が勃ってきて、

「ああああ、いやっ……これ……あっ、あっ、あんん……」

毎秒十回以上の細かい振動を受けると、多くの女性はどんどん気持ち良くな

って、最後は昇りつめてしまう。多分、女性だけではなく男性だってそうだ。

栄太が初めてオナニーを覚えたのは、電動マッサージ器を使ったときだった。下腹部がジワッと熱くなって、たちまち白濁液を撒き散らしていた。

男と較べて女は振動系に弱いらしく、ローターやバイブはとくに人気が高かった。

「これを買うから、試させてね」

千鶴がローターをおろしていき、布団に仰向けに寝た麻美の足をあげさせて、若草のような繊毛の底に、ローターを押し当てた。

「どこがいいの？　ここ？」

「もう少し上。ああ、そこです」

「ここね？」

「はい……ぁあああ、ぁああ、すごい……ぁあああ」

麻美がピーンと足を伸ばす。

どうやら、麻美はイクときに足を伸ばすタイプのようだ。

「どの振動がいい？　これ？　それとも、こっち？」

千鶴がローターをクリトリスに当てながら、リモコンのスイッチを切り換えている。

五段階に振動のリズムが変わるもので、強弱もつく。

「ああ、それがいいです……それと……」

「何？」

「パワーを一番強くしてください」

「もう、スケベなんだから。こんなかわいい顔をしているのに、身体はドスケベなのね」

「ああ、言わないでください」

「だって、本当だからしょうがないじゃないの」

千鶴がローターを押しつけていると、麻美はますます足を一直線に伸ばした。その足がぶるぶると震えはじめた。

イクのかもしれない。

見守っていると、おチンチンを麻美に咥えさせるように言われた。

「よ、よろしいんですか？」

「いいのよ。そのほうが、悦ぶから」

千鶴に命じられて、栄太は嬉々として麻美の顔をまたぎ、いきりたつものを咥えさせた。

ぱっくりと頬張って、麻美はつらそうに呻く。

「大丈夫よ。この子は多少、きついほうが感じるんだから。イラマチオしてあげて」

「……イラマチオ？」

「強制フェラチオのこと。セックストイを売っているのに知らないの？」

「あ、いえ……もちろん、知っています」

見栄を張って、栄太は腰を振った。前屈みになって、肉棹をぐいぐいと口腔に押し込んでいく。

「うぐっ、うぐぐ……」

苦しそうに顔を真っ赤に染めながらも、麻美が高まっていくのがわかる。

「イキそうなのね。いいわよ、イッて。ただし、咥えたままね」

千鶴の言葉に煽られたように、麻美がぶるぶる震えはじめた。

真っ赤な顔で肉棹を頬張りながら、顎をせりあげている。

「うっ……！」

全身を躍らせ、足をピーンと伸ばした。昇りつめたのか、全身を痙攣させている。

千鶴がリモコンのスイッチを切って、思わぬ提案をした。

「ねえ、このまま三人で、貸切り風呂に行かない？　予約してあるの」

5

栄太は、宍道湖のほとりにあるホテルの貸切り風呂に入っていた。

岩風呂の向こう側では、今日、出逢ったばかりの千鶴と麻美の人妻コンビが肩までお湯につかっている。

ホテル自体が高いところに建っているので、湯煙の向こうに夜の宍道湖が見える。

どっぷりと闇に沈んでいるが、漁に出ている船があるのか、ところどころ灯《あかり》が見えて、そこの水面がきらきらと光っている。

「そっちへ行きたいんだけど」

千鶴が声をかけてきた。

「ああ、はい……どうぞ」

期待を込めて答える。

千鶴が立ちあがって、股間を隠すこともしないで堂々と歩いてくる。麻美は立つのも恥ずかしいのか、お湯のなかをしゃがんだまま近づいてきた。

そして、二人は栄太を挟むようにして、両隣に腰をおろす。

露天風呂に女性と一緒に入るのはもちろん初めてだ。しかも、両手に花なんて、ラッキーすぎて怖い。

「あれ、持ってきたわよね？」

「ええ、持ってきました」

「出して」

千鶴に言われて、部屋から持参したリモコン式ローターを洗い桶のなかから取り出して、千鶴に手渡す。

「お湯のなかでも大丈夫だったわね？」

「ええ……ウォータープルーフですから。ただ、リモコンのほうはお湯につけるとマズいです」

うなずいて、千鶴はピンク色の卵形の本体を麻美に手渡して、膣のなかに入れるように促す。

「無理です……恥ずかしくてできません」

「しょうがない子ね。じゃあ、藤森さんに入れてもらいなさい」

言われて、麻美はとまどっていたが、やるしかないと思ったのか、立ちあがって、湯船の縁に両手を突いて、尻を後ろに突きだしてきた。

（これは、すごい……！）

お湯を弾いたぷりっとした尻にほぼ満月の月光が降り注いで、てかてかと妖《あや》しく光っている。

「いいんですね？　行きますよ」

栄太は長さ５センチ直径３センチほどのローターを、尻の底に息づいている膣口に押し当てて、慎重に沈めていく。

かなり大きいローターが強い抵抗感を残してすべり込んでいき、ついには姿を消した。

取り出しやすいように黒いコードがついていて、ぶらさがっている。

「そのままの格好でいなさい」

そう命じて、千鶴が手にしたリモコンのスイッチを入れた。

ビーッ、ビーッ、ビビビッ……。

そばにいる栄太には、モーターの振動音が聞こえてくる。

麻美は最初じっと耐えていたが、もう我慢できないとでも言うように、腰がじりっ、じりっとくねりはじめた。

「あらあら、いやらしくお尻を振って……かわいい顔をしてほんとにスケベなんだから。藤森さん、舐めてあげて」

千鶴が麻美の様子を見ながら言う。

「いや、恥ずかしいです」

麻美がくなっと腰をよじった。

「……ったく。ブリッコもいい加減になさいよ。藤森さんがタイプだって言ってたくせに。ほんとうは舐めてほしいんでしょ？　クンニしてほしいんでしょ？　はっきりおっしゃいな！」

「はい……舐めてほしいです。麻美のオ、オマ×コを舐めてほしいです！」

「ほうら、本音が出た。いいのよ、やって」

栄太は生唾をこくっと呑んで、おずおずと顔を寄せた。左右の尻たぶを引っ張ると、陰唇までもがひろがって、赤い粘膜がぬっと現れた。

この奥にローターが埋まって、振動しながら膣を刺激しているのだ。

垂れさがったコードを避けながら、狭間を舐めると、

「あんっ……！」

びくっとして、麻美が双臀《そうでん》を震わせる。

舐めたとき、舌がはっきりと感じた。膣の奥のほうがビーッと音を立てて、振動しているのを。

無我夢中でクンニをした。

狭間に幾度も舌を走らせ、下のほうで突きだしているクリトリスをちろちろと舐める。と、ここがやはり一番の性感帯なのだろう。

「くっ……くっ……ぁああ、ダメぇ……あっ、あんっ、あんっ……ぁああぁ」

麻美が顔をのけぞらせ、背中をしならせて、がくん、がくんとする。

（確か、こういうときは……）

右手で包皮を剥くと、小さな突起が現れた。ピンクのポリープみたいなところをかるく頬張った。

ローターの振動を如実《にょじつ》に感じる。

そのリズムに合わせて、チュー、チューッ、チューッと吸いたてると、

「ぁあああ、ぁあああああ、許して……お願い、もう、もう……」

麻美が何かをせがむかのように腰を前後に振った。

「そのまま吸ってあげて……この子は吸われると感じるから……もっと強くしてあげる」

千鶴が持っていたリモコンの円形ダイヤルをまわしきった。

今、最大限のパワーを発揮して、ローターが強く振動しているはずだ。その強い振動が伝わってくる。

「ぁあああ、ぁあああ……お姐様、これダメっ……許して。許してください

……ぁあああああ、ぁああぁぁぁ」

今だとばかりに栄太は、陰核を強く吸う。チュッ、チュパッとわざといやらしい音を立てて吸いまくると、

「……イク、イク、イッちゃう……イキます……いやぁああ、あぐっ！」

麻美は躍りあがりながら、姿勢を保っていられなくなったのか、お湯のなかにしゃがみ込んだ。

それでもまだローターは動きつづけていて、麻美は無職透明なお湯のなかで、ピンクに染まった肌を痙攣させていた。

6

「イッたのね。いいわ、しばらくそこで休んでいなさい」

ぐったりした麻美を見て、千鶴が露天風呂を歩いてきた。抜群のプロポーションを隠そうともせずに近づいてきて、岩風呂に座っている栄太をまたいで、腰をおろす。

目の前に格好いい乳房がせまってきた。太腿に尻の弾力を感じて、イチモツが完全にいきりたった。

「あらあら、もうカチカチだわ」

千鶴はお湯のなかで肉棹を握って、ぎゅっ、ぎゅっとしごいた。

「あっ、おっ……」

甘い快感がひろがってくる。

千鶴が顔を少し傾けて、寄せてきた。唇が重なり合って、つるっとした舌がすべり込んできた。

口腔をまさぐられ、お湯のなかのイチモツをしごかれて、栄太はあまりの快感に何もできず、ただただ身を任せることしかできなくなった。

千鶴が唇を離して、乳房を寄せてきたので、こうしてほしいのだろうと、乳房にしゃぶりついた。

上側の直線的な斜面を下側のふくらみが押しあげた素晴らしい乳房はお湯で温められ、乳首はすでに硬くせりだしていた。

舌を一杯に出して、ちろちろと舐めると、

「んっ、あっ、ぁああ、いいの」

千鶴が肩に手を置いて、のけぞりながら、尻で太腿を圧迫してくる。

（すごすぎる！）

出雲の蕎麦屋で逢ったときは、まさかこんなことになろうとはつゆとも思っていなかった。やはり、これは出雲大社にお参りしたご利益なのではないか？

それを思うと、山陽ではなく山陰のルートを選んで、正解だった。

たわわで柔らかな乳房を揉みあげながら、セピア色にぬめる乳首を舌で転がした。

すると、乳首がますますカチカチになって、

「あっ……んっ……ぁああ、気持ちいい……これが欲しくなった」

千鶴がお湯のなかで、勃起をいっそう強く握りしごいた。

無色透明なお湯を通して、千鶴の白い指が屹立を握って、擦る様子が透けて見える。

「ど、どうしますか？」

とっさに体位がわからなくて訊いた。

「このままでいいのよ。私が入れるから」

そう言って、千鶴は少し腰を浮かすと、勃起を導きながら、沈み込んできた。ぬるめのお湯より熱い肉路に、硬直が埋まり込んでいって、

「あうぅ……！」

千鶴は両手で肩につかまって、のけぞった。

（ああ、キツい……それに、うごめきながら締めつけてくる）

栄太が奥歯を食いしばっていると、千鶴が動きはじめた。腰を前後に揺するので、水面がちゃぷちゃぷと波打つ。

「ああ、くっ……！」

一瞬にして搾《しぼ》り取られそうになって、栄太はまたまた奥歯を食いしばった。

「ねえ、胸を……」

千鶴がせがんできた。

そうだ。ここは自分だけ気持ち良くなっていてはいけない。たっぷりと感じてもらって、アダルトグッズを買ってもらわないと。

栄太は目の前の乳房をつかんで、モミモミしつつ、乳首を指でいじる。

左右の乳首がもうこれ以上は無理というところまでそそりたってきて、

「ぁああ、いい。すごく、いい……きみはどう？」

「気持ちいいです、すごく……」

「ふふっ、もっと良くなるわよ」

千鶴が上下に撥ねはじめた。

栄太の肩につかまって、まるでスクワットでもするように腰を打ち振る。

「ぁああ、ちょっと……！」

思わず、千鶴の腰をつかんで動きを止めさせていた。

「どうしたの？」

「出ちゃいます……それ以上されると、出ちゃいます！」

「若いのね。私のあそこ、そんなに具合がいい？」

「はい、すごく……ぐにぐにとからみついてきます」

「何がどこに？」

「……ち、千鶴さんのオ、オマ×コが俺のおチンチンに……」

「チンポがそんなに気持ちいいの？」

「はい……チンポがたまらないです」

「いやねぇ、露骨で……」

満足そうに笑って、千鶴が結合を外して、立ちあがった。

それから、湯船の縁に両手でつかまって、ぐいと腰を突きだしてきた。

「ちょうだい。バックから」

栄太は真後ろについて、尻を引き寄せた。

露天風呂で外気は冷えているから、湯煙が多く、しかも、風の流れで湯面を這っている。白い湯気のなかであらわになった女の尻だけが仄白く浮かびあがっていた。

(たまらない……!)

丸々とした豊かな双臀の奥に、女の割れ目が息づいている。ふっくらとした陰唇がひろがって、内部の赤い粘膜がのぞいている。

急角度でいきりたっているものを押し当てて、慎重に腰を突きだしていく。

それが、熱い滾りを押し広げていき、

「あああ……!」

千鶴がのけぞった。

ゆるやかに反った背中を見ながら、腰を静かに進めていく。

速くピストンしたら、あっという間に洩らしてしまいそうだ。

「あっ……あっ……反ってるから、上のほうを突いてくる。ぁああ、そこ、気持ちいい……ぁあああ、もっと、もっと突いて！」

「こうですか？」

栄太はきりきりと奥歯を食いしばりながら、速く、強いストロークを叩き込んだ。

パチン、パチンと乾いた音が岩風呂に響いて、

「あんっ……あんっ……あんっ」

千鶴が甲高い声を放った。

栄太も追い込まれていた。さっき出していなかったら、絶対に放っていただろう。

ぎりぎり我慢して、パチッ、パチンと腰を打ち据える。

7

「あっ、あっ、あっ……ぁああ、イキそうよ。イク、イク、イッちゃう！」

千鶴がさしせまった声をあげて、尻をいっそう突きだしてくる。

「うおおっ……！」

射精覚悟で打ち込んだとき、千鶴が「あっ」と声を洩らして、がくんと震えた。気を遣っているのだろう。

栄太は奇跡的に射精していない。

千鶴が崩れ落ちてお湯にしゃがみ込み、栄太はいまだいきりたつ肉柱をさらして、お湯のなかに仁王立《におうだ》ちしていた。

（すごいぞ、俺……人妻を二人もイカせたんだから……）

夢のようだった。

向こうには、宍道湖に浮かぶ小さな船が見える。

（シジミ採りの漁船だろうか？　いや、こんな夜中にシジミ漁などしないだろう）

眺めているうちに寒くなって、お湯につかった。

すると、隣で千鶴と麻美がイチャイチャしはじめた。レズビアンだから、しようがない。

二人は抱き合って、濃厚なディープキスを交わしている。

それから、千鶴が麻美の乳房にしゃぶりついて、淡いピンクの乳首を巧妙な舌づかいでかわいがりはじめた。

「あっ……あんっ……あああ、いい……お姉様、気持ちいい」

麻美が顔をのけぞらせる。千鶴の髪をかき抱き、

「あああ、お姐様……お姐様」

と、黒髪を撫でる。

それを見ているうちに、栄太は思い出した。

「あの……じつは、さっきお試しになったレズ用のディルドーも持ってきているんですが……」

声をかけると、

「へえ、やるじゃないの。けっこう気が利くのね。大人の玩具、一杯買ってて あ

げる……だから、それを貸して」

千鶴が言う。

栄太は洗い桶から双頭の張形を取り出して手渡す。

受け取った千鶴が立ったまま、片方を膣におさめて、麻美を呼んだ。

麻美は前にしゃがんで、千鶴の下腹部からそそりたっているシリコン製のペニスをうっとりと見て、

「ああ、お姐様のおチンチン、すごい……お姐様のおチンチンをおしゃぶりするのは初めてだわ。逞《たくま》しいんだから」

千鶴を見あげて言い、女のおチンチンを頬張った。

すごい光景だった。

岩風呂に立った美しくも驕慢《きょうまん》な女のペニスを、かわいらしい女がしゃぶっているのだ。

麻美はジュルルッと音を立ててディルドーを吸い込み、さらに頬張って、

「んっ、んっ、んっ……」

顔を小刻みに振って、千鶴のペニスをしゃぶる。

「いい子ね。こうしていると、男の気持ちがよくわかるわ。殿方は幸せよね。こんなご奉仕をされるんだから」

千鶴はちらりと栄太を見て言い、麻美の髪を撫でる。

麻美は頬張ったまま千鶴を見あげる。二人の視線が合って、

「上手よ。お前は何をやらせても上手。お前のような奴隷ちゃんを持てて、私も鼻が高いわ」

千鶴がにんまりした。

褒められて気を良くしたのか、麻美がいっそう激しく情熱的に、ディルドーを唇でしごく。

ついには、ディルドーの根元を握り、しごきながら顔を打ち振った。

と、千鶴の様子が変わった。

「あっ……ダメよ。そんなことをしたら……感じちゃうでしょ？　ぁああ、ああ、おチンチンが動いてる……ぁああ、あああ、ぁあああ、いい……」

麻美がディルドーを吐き出し、

「お姐様……お姐様のおチンチンが欲しい。これが欲しいの……」

見あげて、哀願した。

「しょうがない子ね……そこにつかまって。腰をこっちに……」

千鶴が言う。

麻美が湯船の縁につかまって、立ったまま腰をぐいと後ろに突きだした。

千鶴は真後ろに立ち、そそりたつ双頭のディルドーを尻の底に押しつけ、ゆっくりと腰を進めていく。

それが麻美の体内に姿を消していき、

「ぁあああ……！」

麻美ががくんと頭を撥ねあげた。

千鶴が腰をつかみ寄せて、腰を動かした。すると、紫色のディルドーが麻美の膣を出入りするさまがはっきりと見えた。

(すごすぎる……！)

栄太は近づいていき、真横から結合部分を覗き込む。

本物に似せた張形が、ぷりっとした尻の底をズボズボとうがち、お湯ではない粘液が滲《にじ》みだしていた。

ごくっと生唾を呑みながら、月に向かって吼えているイチモツをつかんで、しごいた。

「ふふっ、昂奮するのね？」

千鶴がちらりと見た。

「はい、すごく……こんなの初めてですし……いやらしすぎます。きれいで、卑猥です」

「そうよ。私たちはきれいなの。薄汚い男どもとは違うの。麻美、うれしいでしょ？」

「はい、うれしい……お姐様のチンポに突かれているのね。ぁああ、ズンズン来る。お姐様のチンポがズン、ズンって……」

「それでいいのよ。そうら、声を出しなさい。思い切り声をあげなさい。喘ぎなさい」

千鶴が激しく腰を叩きつけると、ディルドーが小さな膣を犯して、

「あん、あんっ、ぁああん……気持ちいい。お姐様のチンポ、気持ちいい」

麻美が言って、また喘ぐ。

それを見ているうちに、栄太は昂奮が極限まで達して、射精しそうになった。

だが、ここで孤独に放つのは寂しすぎる。

栄太は近づいていって、千鶴の後ろにまわり、乳房をぎゅうと鷲づかみにした。

8

「ちょっと、何してるのよ！」

露天風呂で千鶴が振り返って、冷たい目で栄太を見た。

「ああ、すみません……でも、俺だけ放っておかれてるみたいで」

「……しょうがないな。そうやって、私の胸を触っていなさい。終わったら、きみの処理もしてあげるから」

千鶴は怖いところがあるが、本質的には心のやさしい寛大な人だった。

栄太は千鶴の後ろに立って、手をまわし込んで、たわわな乳房をモミモミした。時々は中心の突起を指で捏ねる。

千鶴は無視して、麻美の体内を後ろから犯す。

「あんっ、あんっ、あんっ……ぁああ、イキそうです。お姐様、麻美、イキそうです」

麻美が湯船の縁をつかんで、逼迫《ひっぱく》した声をあげた。

「いいわよ、イキなさい。私のペニスで気を遣《や》りなさい」

千鶴がつづけざまに腰を振ると、麻美の喘ぎが高まり、

「イキます……イク、イク、イク……やぁあああああ、くっ！」

がくがくっと震えながら、湯船に座り込んだ。

栄太はここぞとばかりに、千鶴に湯船の縁をつかませて、後ろから抱きつくようにして双頭のディルドーを握り、ぐいぐいと千鶴の膣に押し込んだ。

「ああ、ちょっと、何するの？　やめなさい……やめて……や……ぁあうぅ」

千鶴もこらえきれなくなったようで、膝をがくがくさせる。

さすがだと思ったのは、膝を落としながらも、後ろ手に栄太のいきりたつ肉茎をぎゅっと握ってきたことだ。

「ギンギンにさせて……まだ欲しいの？」

「ええ……千鶴さんのここに入れたい」

「しょうがない子ね。これが最後よ」

そう言って、千鶴は双頭のディルドーを外し、尻を後ろに突きだしてきた。

長い間、張形を受け入れていた膣口はぽっかりと口を開いていて、赤い粘膜がのぞいている。

(すごい……！)

湯煙に浮かびあがる膣口に感動しつつ、その孔《あな》めがけて、勃起を押し込んでいく。ぬるぬるっと嵌まり込んでいき、

「ぁあああ……いい！」

千鶴が心底気持ち良さそうな声をあげた。

(やっぱり、千鶴さんのオマ×コは具合がいい……！)

後ろから腰を引き寄せて、ぐいぐいとえぐり込んでいく。

「あんっ、あんっ、あんっ……いいわ。やっぱり、本物がいい」

千鶴がそう言ってくれたので、勇気づけられた。

射精するつもりで、バチン、バチンと打ち込んでいく。

（ああ、出そうだ……！）

ストロークのピッチをあげようとしたとき、麻美が湯船で立ちあがって、千鶴の隣で同じように尻を突きだしてきた。

「藤森さん……ください。麻美にもください」

「いや、でも……」

千鶴をうかがった。

「いいわよ。かまわないから麻美にも入れてあげて。ただし、出すときは私よ。わかった？」

「はい！」

そう返事をしたものの、さすがにすぐに標的を移すわけにはいかない。

右隣の麻美に手を伸ばして、つるつるの尻を撫でまわした。

「ああ、気持ちいい……ください。ください……早くぅ」

麻美がくなっと腰をよじって、誘ってくる。

もう我慢できなかった。

栄太は結合を外して、すぐ隣に移っていき、蜜まみれの怒張を押し当てた。

引き寄せながら腰を入れると、肉の塔が窮屈な膣を押し広げていき、

「ぁあああ……いい！」

麻美がいっそう尻を突きだしてきた。

（キツキツだ。オマ×コ、狭すぎる！）

ぎりぎりと奥歯を食いしばって、スローテンポで打ち込んだ。

「あんっ、あんっ、あんっ……いいんです。響いてくる。お腹に響いてくる……あん、あんっ、あんっ……！」

麻美が小気味よく喘いだ。

栄太は前に手をまわし込んで、乳房を揉み込んだ。乳房は明らかに千鶴よりデカくて、柔らかい。そのとき、

「ねえ、もう麻美はいいから。ちょうだい。早く！」

千鶴がにらみつけてきた。

「でも、出すときは自分にとおっしゃったので、千鶴さんは後でと……」

「麻美は自分でしなさい。お指でイキなさい。わかったわね？」

千鶴に言われて、麻美は一瞬むっとしたが、すぐに「はい」とそれを受け入

れる。

栄太は名残惜しさを感じながら結合を外して、千鶴の体内に突き入れた。

「ああ、やっぱり、これがいい……玩具を一杯買ってあげるからね」

「はい、よろしくお願いします。行きますよ」

「来て！」

栄太が叩き込んでいると、麻美がにじり寄ってきて、尻を突きだしてきた。

そして、自分の指をV字にして、オマ×コをご開帳させる。

きっとこうしてほしいのだろうと、栄太は右手の二本指を押し込んだ。ぬるっとした粘膜が指を締めつけてくる。

「ああ、いいの！」

そう叫んだのは、千鶴だった。

栄太は勃起を叩き込みながら、もうひとつの膣に指を抜き差しさせる。

夢みたいだ。夢なら覚めないでほしい。

歓喜がふくらんできた。まん丸のお月さまもぼやけて見える。

（出そうだ。出る……！）

栄太が遮二無二《しゃにむに》腰と指を叩きつけたとき、千鶴と麻美はほぼ同時に気を遣って、すぐその後で、栄太も放っていた。

脳天まで痺《しび》れるような射精感が身体を走り、栄太は残っている精液をすべて注ぎ込んだ。

第四章　芦屋夫人

1

藤森栄太は芦屋《あしや》に来ていた。

出雲から山陽地方に入り、大阪《おおさか》に向かう途中で、以前からの憧れの土地でもあった芦屋に寄ったところだ。

山があり、川が流れ、海が近い。落ち着いた街並で高級感がある。坂が多く、電柱が一切ない。

（いくら何でも、ここじゃ、アダルドグッズは売れないだろう）

現に三軒つづけて、お払い箱を食らっていた。なかば諦めながらも、閑静な街並に車を走らせていると、一軒の豪邸が目に留まった。

いや、正確に言えば、わずかに見える庭で、薔薇《ばら》の花の剪定《せんてい》をしている着物姿の奥様に目が釘付けにされた。

（これが、芦屋夫人か……！）

髪をシニオンに結《ゆ》った、着物の似合うしとやかな美人が、庭に咲いている薔薇の花を剪定している。ついつい見とれて、車を停めた。

と、夫人もこちらが気になったのか、

「何かご用でしょうか？」

そう訊く口調もちょっと傾けた顔も、高貴さと上品さがあふれている。栄太は車を停めて、降り、鉄柵越しに話しかけた。

「すみません。じつは、ある物を訪問販売していまして……」

「ある物って？」

きっと門前払いされるだろう。そう思いつつも、

「……大人の玩具です」

周囲に聞かれないように、小声で伝える。その瞬間、アーモンド形の目が一瞬、きらっと光った。

（うん？　もしかして……！）

栄太はさっと名刺を取り出して、柵越しに渡し、車一台分の商品を売り切ら

ないと、東京へ戻れないのだということを話した。

「……可哀相ね。いいわ。門を開けるから入っていらっしゃいな」

芦屋夫人は踵《きびす》を返して、母屋に向かう。

しばらくして、門戸が自動に開き、栄太はワゴンを慎重に運転して、なかに入っていく。すぐのところに、ベンツクラスが何台も並んだ駐車場があり、そこにワゴンを停める。若くかわいいお手伝いさんが出てきて、栄太を家に案内してくれる。

高級感ある屋敷で、部屋数が多すぎて、慣れないうちは迷ってしまうだろう。応接間に通され、お茶を出されて、しばらくすると夫人がやってきた。

クリーム色の地に、花の裾模様の散った着物を着て、髪をシニヨンにまとめている。

正面のソファ椅子に座って、名前は清水《しみず》佐和子《さわこ》で、夫は神戸《こうべ》にある大企業の重役をしているのだと自己紹介してくれた。

まるで、絵に描いたような芦屋夫人ではないか？　これで、なぜ大人の玩具に興味を示すのだろうか？　これだけのお金持ちなのだから、大量購入も望める。

俄然《がぜん》やる気になって、栄太は失礼のないようにと、佐和子の気配をうかがう。

「じつは、うちの主人、あれが意のままにならないようなのよ……言っていることはわかるわね？」

「はい……もちろん、男性用の媚薬もございますし……」

「でも、うちの人は内服薬は飲めないのよ。高血圧の薬を飲んでいるから」

「うちの製品は飲むものではなく、塗るものですから。効果も早いです」

「そんな便利なものがあるの？」

「ございます。ご覧になりますか？」

栄太はバッグから、メンズホットジェルと記された勃起促進剤を取り出した。黒く円い容器に、透明なジェルが詰まっている。

「匂いはないのね？」

「ええ。でも、これはイチョウやタチジャコウ花などの植物成分が含まれております。とても効果はあります」

「そう……これが？」

佐和子が盛んに匂いを嗅いでいる。そのほっそりとしてしなやかな貴婦人の指を見ているだけで、昂奮してきた。

「もし、信じられないようでしたら、俺がやってみますが……」

おずおずと提案した。

「面白そうだわ。でも、きみはインポではないんでしょ？」

「そうですが……しかし、その勃起力を見ていただければ」

「ふふっ……じゃあ、やってみて。よく見えるようにね」

佐和子が婉然《えんぜん》と微笑む。

栄太はズボンとブリーフを脱いで、下半身すっぽんぽんになり、まだ柔らかなままの肉茎にホットジェルを塗り込んでいく。

初めてだが、ぬるぬるしてローションのようだ。しかも、塗ったはなから、そこがジーンと痺れるように熱くなってきた。

「こっちにいらして」

「はい……！」

栄太が近づいていくと、ソファに腰かけている佐和子が、見る見るいきりた

っていく肉棹を物珍しそうに見て、

「すごい角度ね。こんなの、初めてよ」

栄太を見て、目を見開いた。

「ああ、はい……きっと、これもこのジェルのお蔭だと思います。今も熱くて、
ジンジンして、もう何かをせずにはいられないといった感じですから」

「何かって？」

「……しごきたいって言うか……」

「いいわよ。しごいて……」

佐和子が見あげて、微笑んだ。

勃起したものを握ってしごくと、すべりがよくて、ネチャネチャと音がし、
ひと擦り、ふた擦りするうちに、どんどん快感が押しあがってきた。

「ふふっ、そんなに気持ちいいの？」

「はい……たまらないです」

「私にもやらせて」

佐和子が指をからめて、ゆったりとしごき、

「ぬるぬるね……すごいわ。藤森さんのおチンチン。血管がこんなに浮かびあがって……お臍に届きそうよ」

佐和子が見あげて、まさかのことを言った。

「ねえ、これ、咥えても大丈夫？」

「はい、もちろん。フェラチオもできるように、有害成分は入っておりませんから」

2

佐和子はそっと顔を寄せると、裏のほうをかるく舐めて、味を確かめ、

「大丈夫そうね。無味無臭だわ」

ソファを降りて、床にしゃがんだ。

友禅《ゆうぜん》の着物がよく似合う華やかな顔をしている。その芦屋夫人がイチモツの裏筋をツーッと舐めあげ、亀頭冠の真裏にちろちろと舌を走らせながら、じっと見あげてくる。

佐和子は一気に奥まで頬張って、そこでチュッーと吸いあげる。頬が凹《へこ》むまでバキュームして、その状態で顔を打ち振る。

それから、シニヨンにまとめられていた髪を解いたので、黒髪が散った。肩までの髪を揺らして、唇を大胆にすべらせ、じゅるるっと吸いあげる。

（ああ、これは夢か……？）

抜群に上手かった。これで勃起しないのなら、ダンナはよほどの重症だろう。

佐和子はちゅるっと吐き出して、勃起を握りしごきながら、

「ひさしぶりよ。こんな元気なおチンチンを味わうのは」

言って、激しく唇を往復させ、根元を握りしごいてきた。

「あっ、くっ……いけません。出ちゃいます」

「いいのよ、出しても。ごっくんしてあげるから」

「いや、でも……」

「いいのよ。男性のミルク、私はアンチエージングのサプリメントだと思っているの。だから、ちょうだい……いっぱい買ってあげるから。買ってほしいんでしょ？」

「はい、もちろん！」

佐和子がまた頬張って、根元を握りしごきながら、亀頭部を中心に唇をすべらせる。

そのとき、佐和子の腰が微妙に揺れているのに気づいた。よく見ると、佐和子の左手が着物の前身頃《まえみごろ》を割り、太腿の奥をいじっていた。フェラチオしながら、オナニーしているのだ。

(そうか……佐和子さん、よほど寂しかったんだろうな)

ストロークが速くなり、さっき塗った媚薬が効いているのか、栄太はたちまち追いつめられた。

「あっ、出ます……出る、出る……うおおおぉぉ！」

吼えながら放っていた。

ドクッ、ドクッとあふれでる白濁液を、佐和子は頬張ったまま呑んでいた。こく、こくっと喉を静かに鳴らし、精液を搾り取るようにして、吸っている。

「ああ、気持ちいい！」

大きな声をあげてしまい、ここは芦屋の邸宅だったことを思い出して、あわてて口を手で覆った。

それでも、残液はものの見事に吸引されて、精液が空っぽになったような気がした。

佐和子はちゅるっと吐き出して、

「濃くて、青臭くて、美味しかったわ」

婉然として口角を吊りあげ、手の甲で口許を拭《ぬぐ》った。

「効果はわかったから、これは買ってあげるわ。それで……あの、私のあそこを満たしてくれるものはないかしら？　私、バイブはダメなの。あの振動が苦手で」

「それなら、振動しないものもあります。ディルドーと言って、張形ですが。とても当たりがいいとみなさま、おっしゃいます」

「当たり？」

「はい……その、触れた感触です。膣に触れた感触が本物に似ていると……」

栄太はバッグから、大中小の張形を取り出して、センターテーブルに並べた。

大が長さ18センチで、直径40ミリ。中が長さ16センチで直径35ミリ。

小が長さ14センチで直径30ミリ。

いずれも柔らかなシリコン製で、実物そっくりに血管が浮きあがり、エラもほどよく張っている。しかも、根元には睾丸を模した丸みが作ってあって、底には吸盤がついている。

「確かにリアルだし、柔らかいわね。あらっ、裏筋もあるのね？　ここは？」

佐和子が吸盤を見た。

「そこは、吸盤です。平たいものに、たとえば、床に吸いつきます。けっこう、性能いいですから。あの……お試しになってもかまいませんよ」

「ふふっ、私に試させたいの？」

「はい……」

「じゃあ、やってみようかしら？　私のあそこは小さいとよく言われるから、このビッグサイズは無理ね。でも、これは小さすぎるから、中かしら……この床でも大丈夫？」

床はフローリングになっていて、ぴかぴかに磨かれている。

「やってみますね」

栄太は中のディルドーを持ち、床に強く打ちつけた。さらに、押しつけて空気を抜くと、吸盤が床に吸いつき、完全に固定された。

「あらっ、すごいわ……ちょっと滑稽《こっけい》だけど、具合は良さそう。でも、まだ濡れが足らないかもしれないわ」

「これをお使いになってください」

栄太が取り出したのは、ローションの瓶だった。

「使い方がよくわからないの。塗ってくださいます？」

佐和子がソファに足をあげた。友禅の着物と白い長襦袢の前がぱっくり割れて、むっちりした太腿と漆黒の翳りが見えた。

佐和子は下着類を穿いていなかった。白足袋に包まれた足がソファにあがっているので、真っ白な太腿と繁茂《はんも》した恥毛があらわになっている。

しかも、翳りの底はすでに濡れていて、淫靡《いんび》な光沢を放っている。

必要ないのではないかとも思ったが、せっかくの大役を逃がしたくない。ローションを手のひらに垂らし、それを右手で花肉に塗っていく。

土手高のふっくらとした性器だった。内側の肉びらは小さいがふくよかで、

いかにも具合が良さそうだ。赤く濡れた粘膜にローションを塗り込んでいくと、

「んっ……あっ……ぁあああん」

佐和子は顔を反らしながらも、あふれでた喘ぎを必死に手でふさいだ。

3

ぬるぬるっと指がすべり、粘膜や肉びらが指にからみついてきて、

「ああぁ、あうぅぅ……」

佐和子の白足袋に包まれた親指がぎゅうと反り、内側に折り曲げられる。

「あああ、気持ちいいわ……ローションのぬるぬる感がいい……ねえ、欲しくなったわ。いえ、あなたのじゃなくて、あれが……」

佐和子が見たのは、床に突っ立っている肌色の張形だった。

栄太は先にそこに行って、ローションを少量、張形に塗った。これで、ちゅるっと入ってしまうはずだ。

佐和子は着物と長襦袢の裾をはしょって、帯に留め、蹲踞《そんきょ》の姿勢でディルド

ーをまたいだ。

「これでいいのね？」

「はい……俺が前に立ちますから、何だったらつかまってください」

栄太はその正面に立つ。

佐和子は自ら陰唇を指でひろげて、張形の頭部に擦りつけた。それから、ゆっくりと腰を沈めていき、疑似男根が姿を消すと、

「ぁああ……！」

すがるように、栄太の腰につかまった。

「ああ、入っているわ。ぁあああ、あああ、腰が勝手に動くの」

佐和子は栄太につかまりながら、腰を前後に揺すった。この姿勢ではよく見えないが、きっと張形が体内に出たり、入ったりしていることだろう。

ぐちゅ、ぐちゅと音がして、

「ぁああ、恥ずかしい……こんなになって……でも、気持ちいいの。なかをかき混ぜてくる、ぁああ……」

佐和子の腰づかいが変わった。

今度は腰を縦に振っている。友禅の着物姿で、栄太にすがるようにして腰を振りあげ、押しさげる。

落ち着いているがどこか華やかさを感じさせる芦屋夫人の美貌が今は、快楽にゆがんでいた。

栄太のイチモツはさっき射精したばかりなのに、回復して、ギンギンになっていた。

それを間近で見て、心が動いたのだろう。

「ああ、藤森さんのこれを咥えたいわ……ねえ、いいでしょ？」

「あ、はい……もちろん」

佐和子が顔を寄せてきた。

いきりたつものに唇をかぶせて、一気に頬張り、栄太の腰につかまって顔を振る。そうしながら、同じリズムで腰を上下前後に打ち振っている。

「んんっ……んんんっ……ぁああ、いい……こんなの初めてよ。二人の殿方を相手にしているようだわ……ふふっ、すごく昂奮する」

見あげて微笑み、また唇をかぶせてきた。情熱的にストロークさせて、垂れ落ちている黒髪をかきあげ、潤んだ瞳で見あげてくる。その間も、腰は動いている。

肉棹を吐き出して、言った。

「ああ、ねえ、イキそう……恥ずかしいわ。わたし、本当はこんなはしたない女じゃないのよ」

「わかっています。でも、いいですよ。俺の前ではご自分をさらけ出してください。かまいませんよ。おイキになっても」

佐和子はうなずいて、また勃起を頬張り、ストロークしながら腰を縦に打ち振った。

「んんっ……んんんんっ……」

栄太のイチモツを唇がすべっていき、その下ではさらされた尻が激しく動いていた。その上下動が活発化し、やがて、

「イグ、イグ、イグ……あおおおお」

佐和子は肉棹を頬張ったまま言い、ぐーんと着物姿をのけぞらせ、がくがくっと震えながら、横に崩れ落ちた。

友禅の裾が乱れ、真っ白な足を太腿までのぞかせて、佐和子は横臥《おうが》したまま震えている。

（ああ、すごい！　これが、芦屋夫人の正体か……！）

栄太は感動していた。

と、エクスタシーから回復した佐和子が立ちあがって、よろけながら、ソファの座面に両手を突いて、ぐいと尻を突きだしてきた。

「ねえ、ちょうだい。後ろから……お願い」

「いいんですか？」

「いいから言っているの。あなただって、したいでしょ？」

「もちろん！」

「だったら……早くぅ。あそこが疼いているのよ。欲しくてたまらない」

佐和子があらわになった尻を誘うようにくねらせた。

栄太は嬉々として近づいていき、白磁のような光沢を放つ尻たぶを引き寄せ、いきりたちを静かに押しつけた。

切っ先が沼地をとらえると、招き入れられるように吸い込まれていき、

「ぁああ……！」

佐和子が座面をつかんで、背中を反らせた。銀糸《ぎんし》の入った帯がきらりと光り、膝ががくがくっと崩れかかる。

それを支えて、栄太は後ろからの立位で打ち込んでいく。

熱いと感じるほどの滾りが、勃起を内へ内へと引き寄せる。

（ああ、すごい！　締まりも吸引力も抜群だ！）

さっき口内射精していなければ、すぐにも搾り取られていただろう。ぐっと奥歯を食いしばりながら、徐々に強く打ち込んでいく。

ビシャ、ピシャッと乾いた音がして、佐和子は着物姿を前後に揺らしながら、

「あっ……あっ……あっ……」

声を押し殺し、内股になって打擲《ちょうちゃく》を受け止めている。

たまらなくなって、尻たぶを撫でまわした。時々ぎゅっと強くつかむと、真っ白な肌がたちまち赤く染まってきて、それがいいのか、

「くっ……あっ……あっ……もっと、強くつかんで……そうよ、そう……」

佐和子は顔を撥ねあげ、尻をもどかしそうにくねらせて、高まっていく。

こんなところをお手伝いさんに見つかったら、大事だ。早く終わらせたいという気持ちもあった。しかし、簡単に終わらせるには、この夫人は魅力的すぎた。もっとよがらせたい。気持ち良くなってほしい。

4

栄太は肉棹を引き抜いて、自分はソファに座り、佐和子にまたがるように言う。

「いやな男ね。私に腰を振らせたいのね。待って」

佐和子は帯に手をかけて、シュルシュルッと衣擦れの音をさせて、帯を解いた。

「よろしいんですか？」

「平気よ。お手伝いの茜里《あかり》は今頃、部屋で休んでいるわ。折りあらばさぼろうとする子なのよ。呼ばなきゃ来ないから」

佐和子は着物も脱いで、白い長襦袢をはしょって半帯に留め、ソファにあがった。

正面から栄太をまたいで、いきりたつものを導き、慎重に沈み込んでくる。

切っ先が濡れた恥肉を押し広げていくと、肩につかまってのけぞり、

「ぁああ……本当にひさしぶりなの。いっぱい買ってあげるからね」

「ありがとうございます……おおお、あまり腰を振らないでください！」

佐和子は栄太につかまりながら、腰を前後に打ち振って、

「んっ……ぁああ、気持ちいい……あなたの硬い。硬いおチンチンって、こんなに気持ちいいのね。ああ、擦ってくる。奥を突いてくる……ぁああ、止まらない。腰が止まらない……恥ずかしいわ」

そう口走りながらも、しがみついてくる。栄太が乳房を見たくなって半衿《はんえり》に手をかけると、佐和子は両腕を抜いて、もろ肌脱ぎになった。

真っ白でたわわなお椀形の乳房がこぼれでてきた。青い血管が透けでるほどに薄く張りつめて、淡い色の乳首がせりだしていた。

ごくっと生唾を呑みながら、頂にしゃぶりついた。乳首を吸い、舐め転がすと、

「ぁああ、これ、いい……上手よ。あなた、思ったより上手……いつも、顧客にいけないことをしているんじゃないの？」

佐和子に図星《ずぼし》をさされて、戸惑いながらも答えた。

「いえ、違います」

「ふふっ、怪しいぞ。でも、顧客にご奉仕するのもあなたの役目かもしれないわね。ぁああ、いい……そうよ、そう……」

栄太に乳首を吸われ、舐められながらも、佐和子は髪を振り乱し、腰を盛んに打ち振る。

栄太は放ちそうになるのをこらえて、乳首をしゃぶり、手を腰に添えて、その動きを助ける。以前はこんなことはできなかった。自分が成長しているのを感じる。

乳房から顔をあげて、ふくらみを揉みしだきながら、下から突きあげてやった。ズンッ、ズンッと屹立が女体をうがち、そのたびに佐和子は、

「あんっ、あんっ……響いてくる。すごい衝撃……内臓がおかしくなる」

ひっしとしがみついてくる。

柔らかな乳房が汗ばんで、手のひらのなかでしなる。ツユダクの熱い肉路がぎゅ、ぎゅっと締めつけてくる。

栄太が必死にこらえていると、

「ああ、イキそう。また、またイキそうよ」

とろんとした目を向けてくる。

「イッてください」

「ぁああ、恥ずかしい……見ないで。見て……淫らな私を見て……ぁああ、イク、イク、イッちゃう……！　くっ！」

佐和子が肩をつかむ指に力を込めて、躍りあがった。膣が絶頂の痙攣を起こし、栄太は放ちそうになって、ぐっとこらえた。

「ああ、もう二度もイッて……恥ずかしいわ」

佐和子が顔を伏せた。

「いえ、恥ずかしいことじゃないですよ」

「そう？」

「はい」

「もっとしてもらえる？」

「はい！」

栄太はいったん結合を外し、佐和子をソファに仰向けに寝かせた。自分もソファに片足をあげ、両膝をすくいあげる。

白い長襦袢がはだけて、漆黒の翳りの底がぱっくり割れていた。鮭紅色のぬめりが白濁した蜜をたたえて、うごめいている。

（おお、これが芦屋夫人の濡れアワビか！）

栄太は打ち込んでいく。熱い滾りをうがっていき、

「ああ……すごい。まだ、ギンギンなのね。末恐ろしいわ。あなた、きっと女を泣かせる男になるわよ……ちょうだい。突いて、思い切り！」

佐和子が乱れ髪の張りつく美貌で見あげてくる。ほっそりした首すじから胸元にかけての仄白い肌が桜のように染まっていた。

自分がそれほどの男になれるとは到底思えないが、たとえお世辞でもうれしい。その気になって、ぐいぐいとえぐり込んでいく。

たわわな乳房がぶるん、ぶるんと揺れて、佐和子は手を頭上にあげ、肘掛け

をつかんで、

「あん、あん、あん……」

甲高い声を響かせる。

栄太は片方の柔らかな乳房をつかんで、揉み込んだ。そうしながら、腰を打ち据える。体力だけが取り柄だった。これで顧客が悦んで、商品を買ってくれるなら、ベストを尽くしたい。

つづけざまに打ち込んでいくと、佐和子は白足袋に包まれた爪先をぐっと反らせ、よじり込む。

栄太は顔の横の両足をつかんで前に倒し、打ちおろした。

「あっ、あっ、ぁああ、すごいわ、あなた……響いてくるのよ」

佐和子が顔をあげて、焦点を失ったようなぼぅとした目を向けてくる。

その色っぽすぎる表情が、栄太を昂《たかぶ》らせた。まったりとした粘膜が勃起にからみつきながら、内へ内へと吸い込もうとする。

「ぁあ、出ます！」

「いいのよ。ちょうだい。あなたのミルクを注ぎ込んで。若いエキスをちょうだい！」

「おおぅ、行きますよ。出します」

つづけざまに深いところに届かせたとき、

「イク、イク、イッちゃう……やぁあああぁぁぁ、くっ！」

芦屋夫人はのけぞりながら、昇りつめ、駄目押しとばかりにもうひと突きしたとき、栄太も目眩《めくるめ》く瞬間に押しあげられた。

5

情事の後に、佐和子夫人に商品を購入してもらい、清水家を後にしようとワゴンに乗り込んだとき、
コン、コンっ……。
窓を叩くものがいる。ここのお手伝いさんだった。
夫人は茜里と呼んでいた。その茜里が働いていたときのユニホームとは違った派手なミニ丈のワンピース姿で窓を叩いている。小柄だが、胸は大きく、手

足はすらっとしている。

(何だ……?)

ドアを開けると、茜里が声をかけてきた。

「これから、どこへ行かれるんですか?」

「はあ……これから、大阪へ足を伸ばそうかと……」

「ちょうどよかった。私、大阪に住んでいるの。乗せていってもらえます?

もう、お手伝いの仕事、終わったんで」

随分と不躾《ぶしつけ》な女だなと思いつつも、助手席を勧めた。茜里がかわいかったからだ。

さっきも会った瞬間に、若いなと感じていた。普通、芦屋の豪邸のお手伝いなら、ベテランがやるはずなのに。

茜里が助手席に乗り込んできた。

髪形はボブで、丸顔だがととのっていて、とにかく目が大きい。

胸を斜めに走るシートベルトが大きな胸のふくらみをいっそう際立たせていた。膝上20センチのミニスカートから長い足が出ているが、太腿は意外とむっちりとしていて、そそられてしまう。

「いやだ。どこ見てるの？」

「ああ、ゴメン」

「すごいね。ついさっきまで、奥様といっぱいいやらしいことをしてたのに、まだ性欲が残ってるんだ」

「えっ……見てたの？」

「ええ……だって、長いことしてるんだもの。普通は気になるでしょ？　私、明かり採りの窓から覗かせてもらっていたの」

そう言って、茜里が右手を栄太のズボンの股間に伸ばしてきた。

「あっ、ちょっと……」

「見つかるとまずいから、車を出して」

それもそうだ。栄太は慎重に愛車を駐車場から出して、大阪方面に向かう。

高速道路に乗るほどでもない。一般道でも、三十分以内には到着するはずだ。

だが、すでに夕方の通勤ラッシュに突入しているのか、道は混んでいて、進んでは止まって、を繰り返すばかりだ。

その間にも、茜里は上体を少し傾けて、すらりと長い指ですりすりとズボンの股間をさすってくる。

「すごいね。カチンカチンになってきた……」

ちらりと運転席の栄太を見る。

「き、きみは幾つなの？」

「二十三歳よ。東京の大学を卒業して、就職できないで困っていたら、うちの叔母《おば》さんから、清水家を紹介されたの。料理はしなくていいし、やることはお掃除と留守番くらいのものだから、楽でいいの。その分、お給料は安いけど……」

「ああ、なるほどね。関西弁は使わないの？」

「だって、関西弁はダサイし、オバサンみたいで、いやなの」

「ああ、なるほど」

「だけど、藤森さんも可哀相ね。あれでしょ？　売り切らないと、帰れないんだから」

茜里がちらりと後部座席に山積みされた箱を見た。

「とんでもないブラック企業に入っちゃったなって」

「でも、いいじゃない。お客様といけないことをいっぱいしてるんでしょ？　奥様みたいに」

栄太は黙っている。確かに、このセールスをはじめてから、何人もの女性を抱くことができた。

「藤森さんは幾つだっけ？」

「二十三歳だよ」

「ふうん……同い年か。ねえ、私も後ろの商品を使ってみたいんだけど」

「えっ……買ってくれなきゃ、ダメだよ」

「いいよ。買ってあげても」

「じゃあ、ちょっと待って」

栄太は車を道路脇にあったレストランの駐車場に入れた。それから、茜里とともにリアシートに移った。

まさかの展開だが、購入してくれるならありがたいことだ。それに、茜里はかわいいから、栄太としてもやぶさかではない。

エンジンを切って、ラゲージスペースだけに明かりを点けた。

「茜里さんは、何に興味があるの？」

「そうね、私、ピンクローターは持っているの。でも、すごく古いし、ヘビーユーザーだからすぐに電池なくなってしまって……」

「だったら、リモコン式のローターがいいかも。それに、USB充電だから、長持ちするしね」

栄太はリモコン式の普通の型のピンクローターと、これもリモコン式の、膣に埋めこんでGスポットを刺激するための大型ローターを用意する。

「ああ、良さそう。それから、わたしフェラが苦手なの。あの生臭いようなイカ臭い匂いが」

「だったら、これを使えばいい。ペニスにつけるローションだけと、イチゴの香りがするし、実際に甘いから」

若い女の子に受けそうなデザインのチューブを取り出した。

「へえ、こんなのもあるんだ。知らなかった……ねえ、実際に試してみていい？」

「いいよ。もちろん……」

「助手席で試したいわ。私、ドラフェラするのが夢だったんだ。わかるよね、ドライブフェラチオ？　まだ経験なくて、やってみたいわ。その前に……」

茜里はくりっとした目を向けて、唇を合わせてきた。

キスされて、股間を大胆にまさぐられと、ついさっき、芦屋夫人といたしたばかりだというのに、分身がぐんぐん力を漲らせてきた。

「ああん、すごいね……藤森さん、けっこう性豪よね」

「せ、性豪？　まさか……このセールースツアーをはじめる前は、女の子ひとりしか知らなかったんだから」

「へえ……意外。覗いていたとき、随分と慣れているように見えたけど」

至近距離で言いながら、茜里はズボンの股間をいじってくる。それから、栄太の手をつかんで、ミニ丈のワンピースのなかに導いた。

こうしていいんだろうなと、パンティ越しにそこをなぞると、たちまち薄い布地が湿ってきて、

「んんんっ……んんんっ！」

茜里は情熱的なキスをしながら、勃起をしごき、物欲しそうに腰を揺らめかせる。

アイドルグループの一員としデビューしてもおかしくないような、ととのった顔をしているので、栄太はますます舞いあがってしまう。

「そろそろ、運転席に行こ……」

茜里がキスをやめ、

「ああ、その前に、これを入れたほうがいいよね？　入れてくれる？」

大型ローターを見せた。栄太はうなずいて、茜里をリアシートに寝かせ、足を開かせる。純白のパンティのクロッチに触れると、

「あん、いやん……」

「このローター、かなり大きいから、濡らしておいたほうがいいかと」

「なるほど……いいわよ」

茜里は自ら両足を曲げて開き、パンティのクロッチをひょいと横にずらした。

大胆な行為だが、それを茜里がすると、まったく違和感がなかった。

ふっくらとした肉土手の中心に、こぶりでうねうねした小陰唇がわずかにひ

ろがって、内部のどピンクをのぞかせている。

これまで相手にしてもらった人妻のオマ×コと較べて、初々しくて、肉びらがきれいで小さかった。やはり、結婚して何度も夫とセックスすると、陰唇も発達してくるのだろう。

狭間に舌を這わせると、ぬるっ、ぬるっと舌がすべっていき、

「んっ……んっ……あっ……あっ……」

茜里が気持ち良さそうに顔をのけぞらせた。

充分に舐めて濡らしてから、ローターを押し込んでいく。先の方がGスポットに当たるように設計されたローターは意外にスムーズに膣にすべり込んでいき、

「ああん……」

茜里が喘いだ。それから、とろんとした目で言った。

「ねえ、助手席に行きたい。そこでやって」

6

栄太は運転席に、茜里は助手席に座っている。そして、栄太がリモコンを長押しすると、スイッチが入ったのだろう。

「くっ……ぁああ、すごい。思ったより、全然強いよ、これ……ぁああ、気持ちいい……！」

茜里はうっとりして顔をのけぞらせ、大胆に膝をひろげた。

耳を澄ますと、ジーッ、ジーッと低い振動音が聞こえる。そして茜里は、

「これ、思ったより、いいよ。ぁあああんん、振動がダイレクトにGスポットに響いてくる。ぁああ、あうぅ、気持ち良すぎる」

顎をせりあげ、腰をくねらせる。

「ああぁ……ねえ、きみのをおしゃぶりしたくなった。いいでしょ？」

そう言う茜里の瞳は潤んで、きらきらと光っていた。

ここはレストランの駐車場で、なるべく端に停めてあるから、まず覗かれる心配はない。それに、ルームライトも切ってあるから、車内は暗い。

うなずくと、茜里はこちらに手を伸ばして、ベルトをゆるめ、ズボンととも

にブリーフを膝まで押しさげた。

途端に転げ出てきた肉の柱は、恥ずかしいくらいにいきりたっていた。

「ほんとすごい。さっき奥様としたばっかりなのに……信じられない」

茜里は目を丸くして、上体を預けてきた。

この車はシフトレバーがハンドルコラムについているから、二人を遮《さえぎ》るものは肘置きだけで、それを茜里はあげて、股間に覆いかぶさってくる。

亀頭部を頬張って、なかで舌をねろりねろりとからませると、一気に咥え込んできた。

（ああ、すごい……こんなの初めてだ！）

この旅をはじめる前は、ひとりしか女性を知らなかったのだから、ドライブフェラチオの経験などあるはずもない。走行中に咥えてもらうのが、本当のドラフェラなのだろう。しかし、そんなことをされたら、きっと事故を起こしてしまう。だから、この停車中のフェラチオがちょうどいい。

車のなかで咥えられているというだけで、充分すぎるくらいに刺激的だ。

茜里は運転席に身を預けるようにして、ゆったりと顔を打ち振る。ぽってりとして柔らかな唇が肉柱の表面をすべり動き、唇が亀頭冠の裏側に達したときは、いっそう快感が高まる。

どんどん気持ちが良くなってきた。

ふと見ると、茜里の尻がくなっくなっと揺れている。そうだった。今、茜里の膣には強力ローターがおさまっているのだった。

（こういうときは……）

理性を取り戻して、栄太はリモコンのボタンを押して、振動のパターンを変える。女性もずっと同じ振動のリズムだと、だんだん慣れてきて、刺激が足りなくなってしまうらしいのだ。

スイッチを押すと、振動パターンが五段階に変わっていく。それを繰り返しながら、訊いた。

「あの……どれがいい？」

「最初の、同じリズムがつづくのがいいみたい」

茜里が肉棹を吐き出して言う。

「じゃあ、これで……」

栄太は最初のパターンに戻し、チャンネルをまわして、強弱だけをつけるようにした。最強にすると、

「んんんっ……んんんっ……」

茜里は肉棹を頬張ったまま、腰をじれったそうにくねらせる。

湧きあがる快感をそのままぶつけるように、大きく、速いピッチでストロークしてくる。

気持ち良すぎた。

うっすらと開いた目に映る、カラフルな街の灯が滲んできた。

芦屋夫人相手に射精していなかったら、絶対に放っていただろう。しかし、どうにか耐えることができた。すると、茜里はちゅるっと吐き出して、

「ねえ、イキそうなの……どうしたらいい？」

そう訊く茜里の瞳が涙ぐんだように濡れていて、ドキッとした。

「どうって……イッていいよ。茜里さんは乳首はどうなの？　感じる？」

「ええ……もちろん」

「じゃあ、もうひとつ普通のローターがあるから、俺が……ああ、そうか……

シートをリクライニングしていいよ。そのほうが、イキやすいでしょ？」

茜里がうなずいて、助手席の横についているレバーを引いて、助手席を倒した。

ほぼ水平近く倒れたシートの上で仰向けになっている茜里が、大きく足を開いて、もどかしそうに腰をよじった。

直角ほどに開いた太腿がスカートからほぼ全部見えていた。ふっくらとした肉土手に食い込んだハイレグパンティの白さが、薄闇に浮かびあがり、基底部がぐいぐい持ちあがってくる。

栄太は小型のピンクローターのリモコンを操作して、スイッチを入れる。ジーッ、ジーッと卵形のローターがすごい勢いで振動をはじめた。

周囲を見まわして、人目がないことを確かめた。それから、ワンピースを大きく持ちあげたふくらみのトップに、ローターを押しつける。

どこかにおさまっているわけではないので、振動も音ももろに伝わってくる。

しばらくじっと擦りつけていると、茜里の様子が一気に変わった。

「ああああ、あああ……イキそう……茜里、イキそう」

「いいよ。イッていいよ」

「ぁああ、あああ……イク、イク、イッちゃう……くっ！」

助手席で茜里が躍りあがった。それから、足を大きく開いたまま、時々、震えている。

茜里のエクスタシーがおさまるのを待って、車をスタートさせ、駐車場を出た。

その夜、芦屋から大阪へと混雑した道に車を走らせる間、茜里はずっと運転席の栄太の股間をいじりつづけた。

到着間際には、車が動いているのにかかわらず、栄太のものを頬張ってくれた。

思わぬ形で、生まれて初めてのドライブフェラチオを経験した栄太は、意気揚々として大阪に乗り込んだ。

第五章　大阪の女

1

藤森栄太は大阪にいた。

昨日は茜里を自宅まで送り、その後、バタンキューして駐車場で、車中泊した。そして、今日はキタを主にまわったのだが、バイブ一本しか売れなかった。キタはダメだと思い、夕方、ミナミにやってきた。

近くの駐車場に車を停めて、新世界《しんせかい》に足を伸ばした。正面に建った通天閣《つうてんかく》を見ながら、ジャンジャン横町をぶらぶら歩く。このこてこての大阪文化が凝集した一帯に、惹《ひ》かれてしまうのだ。

もう夜なのに、今日は一食しか腹に入れていない。空腹を感じて、串カツ屋に入り、ビールを呑みつつ、二度漬けの許されない串カツを食べる。

大阪弁ばかりが飛び交う状況にないのは、けっこう観光客がいるからだろう。

（しかし、まいったな）

ワゴン車一台分のアダルドグッズを売り切るというノルマ達成のために、福岡を発って、とうとう大阪まで来てしまった。セールスマンとしては運がいいほうだろう。しかし、売れたのはまだ三分の一程度で、これでは北海道の北端まで行かなくてはいけない。しかし、まさか宗谷岬《そうやみさき》ではセックストイは売れないだろうし……。

売り切れば、研修期間を終えて正社員になれる。会社では正社員となると、破格の待遇になる。その目標がなければ、とうに挫折していた。

（今日も車中泊か……）

酔っぱらって、店を出る。ジャンジャン横町の明かりが派手さを増していた。ライトアップされた通天閣の雄姿を眺めていると、女の金切り声と男の怒号がした。

ハッとして見ると、二十七、八だろうか、タイトなミニのワンピースを着て、セミロングのソバージュ風の茶髪の女が、角刈りのいかにもヤーサン風の男に髪を引っ張られて、ドンと突き飛ばされた。

茶髪の女が自分のほうに向かって、倒れ込んでくる。逃げることもできたが、それでは女が怪我《けが》をする。とっさに抱きとめようしたが、上手くいかず、二人は横町の道路に倒れ込んだ。

栄太が下になった。ガンと後頭部を打って、世界がぐるっとまわった。

「大丈夫ですか？」

女が心配そうに顔を覗き込んでくる。近くで見ると、鼻筋の通った美人だった。

「ええ、はい……痛て！」

「あんたのせいやからな！」

大阪弁で言って、茶髪の女が角刈りをきっとにらみつけた。

「よう言うわ。留美《るみ》が勝手にぶつかったんやろ？　俺は知らんわ」

男が無責任にも、人込みのなかに姿を消した。

「大丈夫ですか？」

留美と呼ばれた女が、栄太を助け起こした。その際、絶対にノーブラだろう胸のふくらみが顔にむぎゅうと押しつけられ、栄太の股間が瞬時に反応した。

「ああ、はい……大丈夫みたいです」

ちらっと股間を見る。三角にテントを張ったそこに目をやって、「そうみたいやね」と留美が微笑んだ。

「だけど、心配だわ。どうしようかしら？」

「あの……近くに車が停めてあって、そこに保冷剤とか、薬とかあるんで。そこまで送っていただければ」

「車に？　やけに準備がいいのね」

「いつも車中泊していますから。いろいろと事情がありまして」

「いいわ。連れて行ってあげる。肩につかまって」

栄太は留美の肩を借りて、近くの公園の駐車場に向かう。

事情を訊いた。さっき別れた男とは結婚していて、彼はトラックの長距離運転手。留美は二十八歳で、子供はいない。週に何度か、新地《しんち》のクラブで働いている。

和歌山《わかやま》生まれなのに標準語を使えるのは、若い頃に、銀座のクラブにいたことがあるからだと言う。

さっきは夫婦喧嘩で、ダンナが東京で女を作っているらしく、それを非難したら、逆ギレされたらしい。

「大変ですね」

「あんたこそ……どうして、車中泊なんかしてるの？」

そう訊く留美の横顔は目鼻立ちのくっきりした派手な顔で、おまけに胸も尻も立派なので、水商売では絶対に男に受けそうだった。

栄太は名刺を渡して、名前と職業を紹介し、事情を話した。

「大変じゃないの。車一台分の大人の玩具なんて、そう簡単には売れないわよ」

「そうなんですけどね……」

「可哀相。それ、絶対にブラック企業よね」

二人は公園の駐車場に到着して、栄太は、ワゴン車に留美を乗せた。

頭はもう冷やさないほうがいいだろうということになり、耳の横にできた擦過傷《さっかしょう》を、留美が救急箱から出した消毒液できれいいし、大きな絆創膏《ばんそうこう》を貼ってくれた。

二人は完全にフラットに倒されたリアシートにいて、山積みされた商品が見える。

その間も、胸ぐりの深いワンピースから、たわわなふくらみがこぼれ、車内灯に白々と浮かびあがっているのだ。

あれが力を漲らせて、ズボンの股間を持ちあげる。と、処置を終えた留美が、

「さっきから、ここを大きくしてるけど、欲求不満なの？」

ズボンの股間に触れてきた。その大胆な行為に驚きながらも、

「いえ……その、留美さんのオッパイが……その……」

ちらりと胸の谷間を見た。

「やっぱり、欲求不満なんやね。ええよ、触っても……」

留美はまた大阪弁に戻って、栄太の手を胸のふくらみに導く。

「いいんですか？」

「さっきのお礼……あんたがおらんかったら、私、地面に叩きつけられてた。だから、そのお礼……その商品、少しなら買うてあげてもええよ」

ちらりと荷台を見て、栄太の手を襟のなかに導く。ノーブラの乳房はたわわ

で柔らかく、しかも、先端が硬くしこっていた。

「ええんよ、触っても」

栄太はごくっと生唾を呑みながら、頂上の突起を捏ねた。

「あんっ……！」

小さく喘いで、留美が顔をのけぞらせる。ソバージュ風の茶色に染められた髪が、ばさっと躍った。

2

「ねえ、いつもここで寝てるの？」

乳首をいじられながら、留美が訊いてきた。

「はい……前はリアシートで寝たたんですが、今は商品が少し減ったんで、そこにマットを敷いて寝ています」

「じゃあ、マットを敷いて」

栄太は荷台に折り畳んであったマットを延ばして、シーツをかけながら訊いた。

「あの怖そうなご主人は、大丈夫なんでしょうか？」

ずっと夫のことが気になっていた。長距離ドライバーで、さっき留美を引きずりまわした件から見ても、非常に気性《きしょう》が荒そうだ。

「大丈夫。わからなきゃ、いいのよ。やっぱり、怖い？」

そりゃあ、怖い。殴られたくない。しかし、ここは男として弱みは見せたくない。

「……怖くないですよ。全然平気です」

「強がってる。そういうところがかわいいわ……脱いで」

栄太は充電式のスタンドを点け、車内灯を消す。窓にはカーテンが引いてあるから、これで、なかは覗けないはずだ。

いそいそと服を脱ぐうちにも、留美がワンピースを引きあげて頭から抜き取った。

ぶるんとこぼれでた乳房は、Ｅカップはあるだろう、乳首がツンと尖《とが》っていて、形がいい。身体は全体的にむっちりとして、薔薇色のハイレグパンティに包まれた尻も大きい。だが、ウエストはきゅんとくびれて、男をそそる。

栄太がブリーフをおろすと、分身が頭を振った。臍に向かっていきりたっている肉の塔を見て、留美の目がきらっと光る。

「ふふっ、いいものを持ってるのね。角度がすごいわ……」

そう言って、留美は栄太を押し倒し、馬乗りになった。

「ほんとは、あなたみたいなかわいい人がタイプなの。あいつだって、強がってるだけで、ほんとはかわいい人なのよ」

ソバージュヘアを艶めかしくかきあげて、キスをしてくる。

ルージュの香りのする唇を重ね、舌を伸ばして、ちろちろと唇をくすぐってくる。

香水の甘く、スパイシーな香りが欲望をかきかたててくる。唇は柔らかく、キスはとても繊細だった。

すぐにうっとりして、舌を突きだす。留美はその舌を細かく刺激し、頬張るようにして吸い、さらに、からめながら、栄太の頭を撫でる。キスをやめて、

「頭の傷は大丈夫？」

「はい……全然、平気です」

「よかった……」

留美がキスをおろしていき、胸板を手でなぞりながら、乳首をちろちろと舐めた。

「あっ……気持ちいいです」

「ふふっ……敏感ね。大人の玩具を売りながら、車に寝泊まりしてるなんて、可哀相すぎる。かわいがってあげるわね」

乳首を頬張り、チュッーと吸う。

「あっ、くっ……ぞくぞくします！」

「美味しいわ……」

留美は茶髪をかきあげて見あげ、キスをおろしていく。

腹から下腹部へとなめらかな舌で舐められると、それがますますギンとしてきた。

「ほんと、すごいんだから……お臍につきそう。こんなの初めて」

留美は茶髪をかきあげて言い、本体を舐めてきた。裏筋にツーッ、ツーッと舌が這うと、あまりの快感に足が突っ張った。

「恋人はいるの？」

留美が突然訊いてきた。

「いえ、いません！」

「ほんとうに？」

「はい……ほんとうです」

「旅の間に、誰かと寝た？」

「……いえ、そんなことしてる暇がありません」

ウソをついた。留美によく思われたい一心だった。

「まさか、童貞じゃないよね？」

「はい、ひとりだけ……ぁああ、やめてください。くっ、あっ」

留美がほっそりした指で肉棹を握りしごいてくる。ピンクのマニキュアをしていて、その指でぎゅっ、ぎゅっとしごかれると、強烈な快感がうねりあがってきた。

「シックスナインできる？」

「はい、一応……下手だと思いますが」

「じゃあ、して……」

留美が低いルーフにぶつからないように身を屈めて、薔薇色のパンティを足先から抜き取った。尻を向けてまたがってくる。足指にもピンクのペディキュアがしてあるのが見えた。

留美は這うようにして、尻を突きだしてきた。

(ああ、すごい……！)

ハート形の大きなヒップの底に、縦に長い花芯が息づいていた。濃い翳りを背景に、薄い肉びらが褶曲《しゅうきょく》してわずかに開き、その狭間にどピンクの粘膜が顔をのぞかせている。

たまらなくなって、しゃぶりついた。

尻をぐいと引き寄せ、狭間に舌を這わせる。ねっとりした粘膜がへばりついてきて、

「あっ……んっ……ぁあああ、気持ちええ。オメコ、気持ちええわ……ぁあああうぅ」

そう喘ぐ、留美の言葉が大阪弁に変わっている。

(そうか……関西ではオマ×コではなくて、オメコと呼ぶのか!)

何だか昂奮してきた。

「オ、オメコ、気持ちいいですか?」

雌花《めばな》に唇を接したまま訊いた。

「……オメコ、気持ちええんや……ぁああ、もっと舐めてぇ」

留美が尻をもどかしそうに振って、イチモツをぎゅっと握って、しごく。

「おっ、あっ……」

うねりあがる快感をこらえながら、目の前のオメコを舐めた。ぬるっ、ぬるっと舌を走らせると、

「ああ、気持ちええ……オメコ、気持ちええんや」

艶めかしく喘ぎながら、もっととばかりに尻を突きだしてくる。

栄太は夢中で、粘膜を舐めた。

鮮紅色に色づく肉の襞《ひだ》が、まったりと舌にからみつき、舌を走らせるたびに、大阪の女はびくっ、びくっと震えた。

3

栄太はたまらなくなって、クリトリスに吸いついた。

「ぁああ……ええんや……そこ、好きや……ぁああ、もっと吸ってぇ！」

留美が大阪弁丸出しして、せがんでくる。

栄太はさらに、陰核を断続的に吸う。チュッ、チュッ、チューッと吸いあげると、

「ぁああ、かんにんや……もう、あかん……なあ、これが欲しいわ」

留美が肉棹を頬張って、激しくしゃぶってくる。

「おお、入れてください……そうしないと、出ちゃいます！」

栄太が訴えると、留美はちゅるっと吐き出して、栄太にまたがってきた。

方向転換して、向かい合う形で足をM字に開いた。頭がルーフにぶつからないように前傾し、屹立を押し当てて、ゆっくりと沈み込んでくる。

「ああ、ええ……」

上体を立てたときに、頭がゴツンとルーフに当たり、

「痛っ……！　あかんわ。この車、車高、低すぎやわ」

苦笑しながらも後ろに反って、両手を栄太の膝に突き、ゆっくりと腰を前後に振りはじめた。

スレンダーだが、胸も尻も大きな美人が大股開きして、腰を振っている。

茶髪のソバージュヘアが波打っている。たわわな乳房が揺れて、濃い翳りの底に自分のイチモツが嵌まり込み、ぐっとおさまったり、出てきたりする。

（これはすごい……！）

見とれていると、留美が今度は前に屈んだ。栄太の両肩を上から押さえつけるようにして、真上から栄太の顔を見つめながら、腰を上下に振る。

持ちあげられた尻がストンと落ちてきて、またあがる。まるで餅搗《もちつ》きをしているように、ストン、ストンと腰を打ちつけられて、快感が跳ねあがった。

「おっ、あっ……ぁああ、気持ちいい！」

「ふふっ、降参？」

留美が乱れた髪をかきあげて、訊いてくる。

「ああ、はい……」

「情けないわね。あまり経験がないから、しょうがないか」

そう言う留美はまた標準語に戻っている。

「じゃあ、上になる？」

留美が結合を外して、マットに仰向けに寝た。栄太も頭をぶつけないように足のほうにまわる。

「ええよ、来て！」

「はい……行かせてもらいます！」

栄太は両膝をすくいあげ、勃起で位置をさぐる。かなり上付きだ。慎重に腰を進めていく。切っ先が膣口を押し広げていき、後はぬるっぬるっと吸い込まれた。

「あう……！」

留美が顎をせりあげて、マットを両手でつかんだ。

のけぞった顔を見ながら、腰をつかう。

熱く滾っていて、とろとろの粘膜がざわめきながらからみついてきた。

気持ち良すぎた。少し前なら、たちまち放っていただろう。だが、栄太はこの旅で女性経験を積んできた。セールストークも多少は上達しただろうが、もっとも成長したのは、セックスではないだろうか？

我慢して、両膝の裏をつかんで押しあげながら、大きく腰を振った。ずりゅっ、ずりゅっと肉棹が膣を擦りあげていき、奥のほうにも届き、

「あんっ……あんっ……ぁああ、気持ちええ……ぁああ、かんにん……もう、かんにんや」

留美が訴えてくる。

「かんにんできません」

栄太はここぞとばかりに打ち込んだ。

すらりとした足がV字に開いて持ちあがり、その間から揺れる乳房とのけぞる顔が見えた。

ゆらん、ゆらんと車も揺れている。

外から見たら、一目でカーセックスしているとわかるだろう。だが、ここは駐車場の端のほうだから、よほどのことがない限り、車も人も来ないはずだ。

吼えながら、猛烈に叩き込んだとき、すぐ隣に積んであった商品の箱がぐらぐらっと揺れた。

あっと思ったときは、こちらに向かって崩れ落ちてきた。とっさに腕でカバーすると、上に載っていた箱が留美の上に落ちた。

「痛っ……！」

留美がその箱を取り除こうとしたとき、なかのグッズが出て、留美の顔の横に転がった。

今流行《はや》りの電動マッサージャーだった。なかでも、これは小型で充電して使うものだ。

「あらっ、電マじゃないの？」

留美が興味津々で、ピンクの小さな電マをつかんで、まじまじと見た。ピンクの胴体の頭部には白い半球がついている。

「これは充電式で、もう充電してあるので、使えるはずです」

「じゃあ、使ってみて」

留美が手渡してきた。

本来なら、クリトリスや女性自身に押しつけるもので、挿入中だとあまり意味がない。だが、使ってみてと言われれば、やるしかない。

栄太が回転式のスイッチを入れると、ブーンと電マが唸りはじめた。スイッチをまわすにつれて、音がビーンと鋭くなり、振動が速く、強くなる。

栄太はその丸くなった頭部をそっと乳房に押し当てた。乳房がぶるぶるっと波打って、

「いやん、くすぐったいわ」

留美が笑った。

「笑えるのも、今のうちですよ」

そう言って、スイッチをまわして、強にクレッシェンドさせながら、頭部を乳首に押し当てた。

「あっ、ちょっと、これ……」

留美の顔から笑顔が消えた。さらに振動を強く速くしていくと、

「あっ……くっ……ぁああ、これ、あかん……はうぅぅ」

留美が顎をせりあげて、両手でマットをつかんだ。どうやら、振動系に弱い

タイプらしい。女性のなかには振動系の苦手な人もいる。

栄太は電マを最強にして、その頭部を乳房に押しつけ、さらに、乳首を責める。すると、留美の気配が変わった。

「あっ、あっ……」

喘ぎながら、腰をせりあげてくる。

4

「あかん、これ、あかん……」

留美が裸身をぶるぶる震わせる。

「イッてまう……これ、あかん」

「これでは、どうですか？」

栄太は電マを乳首から離して、栄太のイチモツが入り込んでいる膣の上方に押しつけた。これで、クリトリスに効くはずだ。

すると、想定外のことが起こった。ビーンという強く細かい振動が、膣に挿入したおチンチンにも伝わってきたのだ。

（ああ、これは……？）

イチモツがジーンと熱くなってきた。だが、それは留美も同じように感じているようで、

「ぁああ……ああ……クリがいい……ええんよ。ぁああ、もう、もう……かんにんや」

大阪弁で訴えてくる。

「イッていいですよ。留美さん、どうぞイッてください」

どうせ出てしまう。それならと栄太は破れかぶれで、腰を叩きつけた。勃起しきった肉棹が振動する膣を突き、

「あん……あんっ……あんっ……ぁあうぅ、両方、ええんよ。なかもクリも……ぁああ、突かれてる。お臍まで入ってくるぅ……」

留美はマットを両手でつかみ、激しく首を左右に振った。

栄太は電マの頭部を結合部分の上、クリトリスに限りなく近いところに押しつけて、一方では腰を叩きつける。

「あん、あんっ、あんっ……」

留美の嬌声が車内に響きわたり、車が揺れている。

「ぁああ、あかん……イクで、イク……かんにんや、もう、かんにん……ぁあ
ああ、イク、イク、イクぅ……」

「そうら、イッてください！」

栄太も電マの振動で気持ち良くなって、猛烈に腰を叩きつけた。

「イク……いやぁあああぁぁぁ、はうっ！」

留美がのけぞり返って、マットを鷲づかみにした。もう一突きしたとき、栄
太も放っていた。

「うっ……うっ……」

放出しながらも、電マを下腹部に当てつづけている。

その振動を感じるせいか、射精したはずなのに、ちっとも小さくならない。

おかしいなと思って、肉棹を抜いた。

と、それはいっそう猛りたって、もうほとんど腹についている。こんな勃起
角度には今までお目にかかったことがない。

と、それを見て、留美が勃起にしゃぶりついてきた。

付着した淫蜜を清めるように舐め取り、見あげて言った。

「ねえ、明日の夜、開店の前にうちの店に来ない？　キャバクラなんやけど、新地にあるの。キャストはみんな欲求不満の子が多いのよ……ホステスって意外と身持ちが固いの。そもそもホステスって、セックスしないで、どれだけ太《ふと》客《きゃく》を繋《つな》ぎとめられるかが勝負だからね。だから、意外とみんなしていないのよ。その気にさせるだけで……だから、きっとみんな欲しがってると思うんだ、大人の玩具を」

「絶対、絶対に行きます。お願いします」

栄太は深々と頭をさげた。

「わかったわ。その代わり、もう一度イカせて……そうやね。最初は電マを使って。ちゃんと買うたげるから」

「はい……！」

栄太は振動する電マを、留美の恥肉に押し当てた。

「ここですか？　それとも、ここ？」

電マは微妙な当て方によって、全然感じ方が違う。

「ああ、そこ、そこや……ああ、ええわ……ええ……ぁあうぅぅ」

留美がマットにつけた足の指を反らせる。

栄太はここぞとばかりに空いている手の中指と薬指を膣にねじ込んだ。

とろとろの粘膜が震えながら、二本の指を締めつけてくる。そこを押し広げるように、指腹でGスポットを叩く。そうしながら、電マをクリトリスに押しつけている。

つづけていると、留美は急に無口になって、快感を噛《か》みしめているようだった。やがて、腰がもっととせがむようにいやらしく動いて、

「ああ、あああ……イクわ、またイク……いやぁああ！」

留美が痙攣しながら、下腹部をせりあげた。また、気を遣ったのだ。

栄太が電マを切って、指を膣から抜くと、

「我慢できへんわ。してや。バックからしてや」

留美がマットに這う。

栄太のイチモツは射精したにもかかわらず、いまだにいきりたっている。

（きっと電マのせいだな）

電マに感謝しながら、尻たぶの底に屹立を押し込んだ。

腰を引き寄せて、つづけざまに腰を叩きつけると、下を向いた乳房がぶるん、ぶるんと大きく揺れて、

「あんっ……あんっ……あんっ」

留美がマットをつかんで、顔をのけぞらせた。茶髪が乱れて、首すじや肩に張りついている。

打ち込むたびに、パチン、パチンと乾いた音がして、車も揺れる。

今まではこれで放っていた。だが、一回出しているせいか、まだ余裕がある。

片手を伸ばし、腋《わき》からまわし込んで、乳房をとらえた。たぷたぷの乳房だか、乳首は完全にしこりたっている。突起をつまんで、転がした。揉み込みながら、ぺたん、ぺたんと腰を叩きつける。

「あっ……あっ……あかん、ほんまこれ気持ちええわ……ぁああ、もっと、もっと突いてや」

留美がせがんでくる。

栄太は左右の乳首を指で捏ねて、後ろから打ち込み、ぎりぎりのところで指を離して、くびれた腰をつかみ寄せた。たちどころに、追い込まれていた。

「あかん、出そうだ……出るで」

いつの間にか。大阪弁がうつっていた。

「ぁああ、ちょうだい……あかん、もう、あかん……かんにんや……かんにん……やぁああああ、また、イクぅ……！」

躍りあがる裸身をつかみ寄せて、スパートしたとき、栄太も今夜、二度目の射精に押しあげられていた。

5

翌日、栄太は留美とともに、彼女が働いているという北新地《きた》のキャバクラに顔を出した。留美が『水商売の女性には需要があるはず』と、わざわざ栄太を店に連れてきてくれたのだ。

開店前の店は黒服が開店準備に忙しく、ホステスたちも集まってきている。

栄太は店のママの許可を得て、特別にキャストの控室に通してもらった。

（みんな、かわいい……！）

さすが、北新地だ。たとえキャバクラでも、髪をソフトクリームみたいに盛り、胸元が大きく開いたドレスを身につけた女性たちは、総じて顔立ちもととのっていて、品がある。

「車一台分のモオチャを売り切らないと、東京に戻れないらしいんやて。昨日も車中泊だったらしいわ。可哀相だから、ひとり一個は買ってあげてえな」

留美が親切に事情を話してくれる。留美は鮮やかなペパーミントグリーンの胸のひろく開いた、ミニのワンピースドレスを着ていて、とてもセクシーだった。

「ふうん、面白そうやな。これ、バイブやんか。かわいいなあ。ここが、ウサちゃんの耳になっとるな」

と、ひとりのホステスがピンクのバイブを手に取り、

「これはこうやって動かします」

栄太が本体についたスイッチを入れる。最近のバイブは電池式ではなく、充

電式が多い。だいたいがスイッチを長押しすると、始動する。

そして、その近くに強弱や振動の仕方を変えるスイッチがついている。

バイブがくねくねと頭を振り、根元についたパールが回転をはじめ、それを周囲から見たホステスたちが、

「キャー、やらしい！」

「こんなんで、奥をぐりぐりされたら、辛抱《しんぼう》たまらんわ」

などと、化粧ばっちりの大きな瞳を輝かせる。

(さすがに、みんなさばけている。へんに恥ずかしがらないところがいい)

こんなキュートな女性たちと、酒を呑みながら馬鹿話をしたら、きっと仕事の苦労が吹き飛ぶだろう。

他にも、ローター類や乳首吸引器、媚薬、エッチなオープンクロッチパンティなどを見せると、エッチでお洒落な下着に多くのキャストが食いついてきた。

「何や、こんなランジェリーもあるんか？　昨日、見せてくれなかったやん」

留美がラメの光るアイメイクで明らかにぱっちりとした目を輝かせた。

「……すみません。あのとき、パッと思いつかなくて……何なら、試着してみ

てもけっこうですよ」

「ええんの？」

「はい、まあ……できたら、使用したものはお買いあげになっていただきたいんですが……でも、いいです。どんどん試着して、気に入ったものを」

「じゃあ、これを試着してみるわ」

留美が茶色のソバージュヘアをかきあげて言い、着ていたドレスを脱ぎはじめた。下着も脱いで、あっという間に裸になる。

あらためて、その抜群のプロポーションに見とれた。スレンダーだが乳房も尻もデカい。

留美はちょうど乳首のところに穴のあるシースルーの赤いブラジャーをつけて、セットになっている赤いシースルーのパンティを穿いた。肝心な箇所が開いているオープンクロッチパンティだ。

さらに、その上から黒の透け感があるベビードールをまとい、栄太に訊いてくる。

「どうや、やらしいやろ？」

「エロチックです。こんな格好で迫られたら、男は即、ノックアウトされると思います」

「ほうか？　こんな感じでどうや？」

留美が後ろを向いて、尻を突きだし、ベビードールの裾をまくりあげた。すると、赤いパンティの中心がぱっくり割れていて、そこから、昨夜味わったばかりのふっくらとした二枚貝が顔を見せた。

「やめてんか。留美ちゃん、やらしすぎるわ……」

それを見ていた、みんなから「ミドリ」と呼ばれていた若いぽっちゃり形のホステスが言い、

「そやけど、これは勝負下着に使えるかもしれんな。私も買うわ。もっと見せてくれんか？」

リサと呼ばれていた長身のキャストが興味を示した。

「もちろん、いいですよ」

様々な色のセクシーランジェリーを見せると、それを数人が試着をはじめた。

（ここは天国か……？）

濃いメイクをした若くで、魅力的なキャストたちがドレスを脱いで、様々なランジェリーを試着している。それぞれセクシーさを強調したものなので、これは目の毒だ。いや、目の保養と言うべきか。

「どうや、このまま店に出えへんか？　もちろん、服は着て、下はこのエッチなランジェリーってどうや？」

留美が提案して、

「オモロいな、それ」

下着を試着したリサが賛同の意を示した。

ママはここにおらず、店のほうの開店準備の指示をしているが、もし、いたら、どんな顔をするのだろうか？

「その前に、これを試したいなぁ。あんたら、試したらええ。ええんやろ？」

留美がピンクのローターをつかんで訊いてくる。

「もちろん。みなさんもぜひ試してみてください」

言うと、キャストたちの瞳が輝いた。

どうやら、大阪のキャバクラ嬢は積極的と言うか、性的にオープンな体質らしい。恥ずかしがる者はいない。

（なるほどな……これが大阪女気質なんだろうな。へんに隠さなくて、気持ちがいい）

留美がリモコン操作のできるローターをつかんで、ミドリをソファに座らせた。ピンクローターのスイッチを入れて、振動する卵形のローターをベビードールの上から乳房に押し当てた。

ミドリはノーブラで、赤いスケスケのベビードールなので、ほとんどダイレクトに振動が乳首に伝わったのだろう。

「あんっ……ぁああ、あかん、やめてぇな……これ、あかん……あかんって……あんっ、ぁあああ、ぁあああぁぁ」

ミドリが顔をのけぞらせて、がくん、がくんと震えはじめた。

「ミドリちゃん、敏感やな……やらしいわ。あっという間に、乳首がびんびんになってきたわ……」

もしかしたら、留美にはレズビアンの素質があるのかもしれない。しかも、攻めるほう（確か、タチと言った）らしい。おそらく、この巨乳とベビーフェ

イスを売り物にしているだろうミドリが、

「ぁあああ……あかん……これ、あかんて……ぁあうぅ」

顔をのけぞらせた。

留美がにっこりして、乳房を手で揉んだ。揉みながら、ローターをおろしていき、赤いオープンクロッチパンティの開口部にローターを押し当てた。

若草のように柔らかそうで、ふわふわした陰毛の底に当てている。ローターは基本的にクリトリスを攻めるものだから、ここがいちばん効く。

「んっ……あっ……ぁあああ、あかんて……」

ミドリは最初はいやがる素振りを見せていたが、やがて、急に静かになって、びくん、びくんと震えはじめた。

「イキそうやな。マン汁出てるし……これはどうや？」

留美がソバージュヘアをかきあげて、卵形のローターを膣に押し込んでいく。

それがちゅるっと入り込んで姿を消した。

閉ざされた割れ目から、抜き取るための白いコードだけがタンポンの糸のように垂れさがっている。

「これは、リモコンで操作できるんやで……」

留美がリモコンのダイヤルをまわすと、

「ぁあああ、強すぎる……くっ……いや、いや……」

ミドリが激しく顔を左右に振ったので、ショートヘアがばさばさ揺れた。

「ええこと考えたわ。ミドリちゃん、今夜、そのまま接客したらええわ。オメコにローター入れたまま客と話すなんて、オモロそうや。なっ、そうしよ」

まさかの提案をしたのは、リサだった。すらりとした美人系である。

「それはオモロいわ。じゃあ、こうしよか？　三人でしようよ。みんな、オメコにローター入れといて、気に入ったお客さんにリモコン渡せばええんと違うか？　きっと大喜びするで」

留美が乗った。

それを聞いて、栄太はおずおずと切りだした。

「あの……ということは、ご購入願えるってことでしょうか？」

「当たり前やんか。リモコン式ローター三つと、セクシーランジェリーは買うてあげるわ……そうか。今、思いついたんだけど、カズコママに頼んで特設コーナー作ってもらうから、そこで、お客さんにグッズを売ったらどうや？　お気に入りのキャストにプレゼントしてくださいとか上手いこと言ったら、絶対に売れるで……」

　そう言う留美の瞳が輝いていた。

（ああ、この人は天才だ！）

「ありがとうございます」

　栄太は頭を深々とさげた。

　留美がすぐに店に出て、ママと交渉しているようだ。カズコママはスタイル抜群の宝塚《たからづか》の男役みたいな感じの人だった。

　しばらくして、留美が帰ってきた。指でOKマークを作って、

「OKもらったわ。ただし、売り上げの二割は店に入れてもらいなさいってことだけど……定価より高めに設定しても、お客さん、買うてくれると思うで」

「ありがとうございます。では、早速、商品を持ってきます」

　栄太はダッシュで駐車場に向かい、そこで大量のグッズを持って、店に戻った。

6

豪華なインテリアの店の一角で、商品を並べていると、留美がやってきた。

留美はすでにグリーンのドレスを着ている。

「ちょっと来て」

有無を言わせず、栄太の腕をつかんで引っ張っていく。

そこは大理石でできた広いトイレで、留美は個室のドアを開けると、栄太をなかに引き入れた。

「どうしたんですか？」

「あかん……もう、我慢できなくなったわ。ここを……」

ドレスの裾のなかに手を導かれた。留美はオープンクロッチパンティを穿いていて、柔らかな翳りの底で何かがビーッ、ビーッと唸っていた。

リモコン式ローターだった。

「入れてみたら、ウズウズして我慢できなくなったわ」

「だけど、ここでは……」

「ええやんか。まだ開店には十五分あるから、今のうちなら……誰のお蔭でこの店で商品が売れるようになったん？」

「……留美さんのお蔭です」

「だったら、ええやんか……」

「でも、あの怖い彼氏が……」

「ええんよ。黙っとればわからんし、だいたい、あいつだって浮気してるんだから、お互いさまよ」

スパイシーな香水の香りを振りまいて、留美がキスをしてきた。

強引に唇を奪いながら、股間のものを手ですりすりされると、たちまちそれがエレクトしてきた。

「ふふっ、身体は正直やな……」

にっこりして、留美が前にしゃがんだ。

ドアを背にした栄太のズボンとブリーフを一気にさげて、転げ出てきたものにしゃぶりついてきた。自分は便座に座って、前屈みになり、いきりたつものを握ってしごきながら、先端を舐めてくる。

(昨日から、俺にも運がまわってきてるな……)

関西に来てから、セールスもセックスも上手くいきすぎている。

(たまには、こういうこともあるさ……神様が俺に僥倖《ぎょうこう》をくださったんだろう。そうか、これはもしかして、出雲大社に参拝したご利益かも……)

留美も時間がなくて、焦っているのだろう、すぐに咥え込んで、顔を打ち振る。ソフトクリームみたいに盛られた茶色の髪が揺れ動き、赤い口紅が塗られたふっくらとした唇が表面をいい感じですべっていく。

北新地のキャバクラのトイレで、フェラされる気分はまた格別だった。

留美は激しく唇を往復させると、ちゅぽんと吐き出して、

「ああ、あかんわ。もう辛抱たまらん……」

立ちあがり、トイレの壁につかまって、腰を突きだしてきた。

「入れて。早くぅ」

切なげに腰を振る。

(ええい、ここはやるしかない……留美さんには恩がある。ここは精一杯やっ

て、イッてもらおう）

栄太は大きな尻を縦に走るオープンクロッチパンティの底から伸びている白いコードを引っ張った。

強い抵抗があった。それを力任せに引っ張ると、ピンクの卵形ローターが顔を出し、さらに引くと、ちゅるっんと出てきて、

「あんっ……！」

留美が小さく喘いだ。

二枚のびらびらが突きでていて、その狭間がぬらぬらと光っている。

これはバックからだから、膣は上のほうにある。狙いをつけて、押しながら位置をさぐった。

（ここだ……！）

上を向いてしまう切っ先を押さえつけるようにして腰を入れると、ぬるっと嵌まり込んでいき、

「ぁあああ……！」

留美は背中をしならせて、いけないとばかりに口を手で押さえる。

ペパーミントグリーンのドレスの背中は大きく開いていて、すべすべの背中が見えている。

栄太もこの旅をはじめる前と違って、少しは女体に慣れてきている。いい感じにくびれているウエストをつかみ寄せて、ゆっくりと腰を突きだした。するとと、勃起力と反り具合だけは自信のある肉刀が、ぐちゅ、ぐちゅとそぼ濡れた膣を行き来して、

「あっ……あっ……やっぱり、エエわ。あいつより、全然硬いわ……ぁああ、ええところを突いてくるんよ。ああ、そこや……あん、あんっ……奥に当たっとる……くっ、くっ……！」

留美はトイレの壁に両手を突き、もっと深く欲しいとばかりに、尻を突きだしてくる。

さっきまでローターがおさまっていたせいか、なかはすでにとろとろで、熱いと感じるほどに火照っている。

打ち込むたびに、ひろく開いた背中がしなり、盛った髪が持ちあがる。

（きっと、ここに来るお客さんのなかには、留美さんとセックスしたい客が多

いだろうな。アフターしたりして、お金を使っているんだろうな……それに較べて、俺は恵まれすぎている！）

留美を指名するお客さんに申し訳ないと思いつつ、ゆっくりと腰をつかっていると、留美がもっと奥までとでも言うように自分から腰を突きだしてきた。

全身を使って、腰を前後に揺すり、

「あんっ……あんっ……ぁあああ、イキそうや。あかん、もうイキそうや……ぁあああ、突いて。奥まで……」

さしせまった様子で訴えてくる。

栄太も射精したくなった。だが、まさかこれから仕事のホステスのなかに発射するわけにもいかない。

「出すときは、外に出しますから」

「わかったわ。呑んであげる。その前にイカせてえな」

「はい……！　おおぅ……」

たてつづけに強く打ち据えると、ピタン、ピタンと音がして、

「ぁああ、あかん……イキそうや……かんにんして……イク、イクぅ……！」

留美がくっと呻いて、のけぞった。それから、がくん、がくんと震える。

栄太は駄目押しとばかりに速いピッチで奥まで打ち込み、間際になって結合を外した。

すると、留美がまた便器に座って、発射寸前の肉棹を握りしごきながら、頬張ってくる。

「ぁああ、出ます……！」

放出しながら、気が遠くなった。

そして、留美は発作を起こす肉茎を頬張ったまま、こくっ、こくっと喉を鳴らしていた。

第六章　名古屋の社宅妻

1

藤森栄太は名古屋《なごや》に来ていた。

大人の玩具を売るために来たのだが、まだ行ったことのない名古屋城も見ておきたい。

実際に目にした名古屋城は天守で尻尾をあげた二頭の金の鯱《しゃちほこ》が見事で、さすがにかつては『尾張《おわり》名古屋は城でもつ』と謳《うた》われただけのことはあると感じた。

（そう言えば、栄《さかえ》のナイトライフはなかなかいいぞ、と友人が言っていたな。夜は栄に繰り出そう）

しかし、その前に商品を少しでも売っておきたい。

（道路が広すぎるな。何車線あるんだ？　しかも、トヨタの車ばかりじゃないか。それに、みんな車線変更が自由すぎる！）

戦々恐々としながらも車を走らせ、中心部から少し離れたところで、某有名企業の社宅らしい建物が幾つも並んでいるのが目に入った。

（よし、ここで徹底的に飛び込み営業をかけよう！）

近くの駐車場に車を停め、商品のサンプルを詰めたキャリーバッグを引いて、勇んで営業をかけた。

つづけて五軒、門前払いされ、がっくりしながらも階段を駆けおりていったとき、踊り場で誰かとぶつかった。

「ああ、すみません」

謝りながら見ると、ぶつかった相手が後ろに引っくり返っていた。スカートがめくれて、赤いレースのパンティがまる見えだった。

相手はおそらくこの社宅の主婦だろう。三十半ばくらいのきりっとした美人が、ハッとしてスカートを引っ張った。

「すみません……大丈夫ですか？」

手を差し伸べたとき、その女の視線がある一点に注がれているのを感じた。

びっくりして見ると、バッグの口が開いて、大人の玩具が踊り場に散乱していた。

「ああ、すみません！」

短い間に三度謝って、栄太はバイブやローターを拾い集める。その間も、女性の視線は商品に釘付けになっている。

バッグに収納を終えたとき、

「あなた、ここで何をしてるの？　私、この棟の責任者だから、聞いておきたいんだけど」

女が眉《まゆ》をひそめた。

「すみません。不審な者ではありません。こういう者です」

栄太は懐《ふところ》から名刺を取り出し、

「勝手に営業かけていました。申し訳ありません！」

深々と頭をさげた。

「さっきのって、アダルドグッズよね？」

「はい……そうです」

「そんなものをうちの社宅で売ろうとしてたわけ？」

「申し訳ありませんでした！」

また、頭をさげた。

「……困るのよ。そういうことは、責任者の私にまず断っていただかないと」

「はい！」

「今からでも遅くないかもね。うちに来てもらえる？」

「はい、もちろん」

絶対に追い返されると思った。なのに、偶然にぶつかった相手がこの棟の責任者だとは……。これはむしろラッキーかもしれない。

部屋に向かう間も「お怪我はありませんでしたか？」と声をかける。

「無事みたいね。あんな勢いで階段を駆けおりるなんて。子供にぶつかって、怪我《けが》でもさせたらどうするつもり？」

「そうですね。すみません。もうああいうことはいたしません」

最上階の五階にある角《かど》部屋に通された。そこは想像以上に広い間取りで、リビングの家具も高価そうだった。

彼女は本間綾子《ほんまあやこ》で、三十八歳。

五十歳の夫は会社で課長をしていて、それでこの最も広い部屋を与えられ、夫人も責任者を任されているようだ。子供はいないのだと言う。

「で、その商品を見せていただけるかしら？」

「えっ……でも？」

「実際に検証してみないと、うちの団地で売っていいものかどうかわからないでしょ？　違う？」

綾子はウエーブヘアをかきあげ、足を組んだ。

ボックススカートからこぼれでたむっちりとした太腿と、形のいいふくら脛《はぎ》に見とれそうになり、それを抑えて、

「はい。その通りです。では、お見せします。大したものではないんですが……」

「あらっ、あなたは大したものじゃない商品をお客に売ろうとしてるわけ？」

綾子が険《けわ》しい顔をした。きりっとした顔立ちをしているので、眉をひそめられると怖い。

「いえ、そうではありません……もちろん商品には自信を持っております」

栄太はバッグを開け、なかから商品を取り出して説明をする。

綾子は無表情を装っているが、時々、目がきらっと光るから、きっと興味はあるのだ。

一通り説明を終えると、

「たとえば……あくまでもたとえばの話よ。主人のあれの調子が悪いとして、それを元気にするものはあるのかしら？」

綾子が一瞬すがるような目をしたので、これは間違いなく、夫のことだと感じた。五十歳となると微妙な年齢なのだろう。

「ございますよ。もちろん」

栄太は塗る勃起薬と、飲む回春剤を取り出して紹介した。

「でも、こんな普通の軟膏《なんこう》が効くのかしら？」

綾子は手に取って調べている。

「もちろん、効きます。お疑いなら、お試しになってください」

「試すって？」

「奥様がよろしければの話ですが、俺のあれにこれを塗ってみます。それでどのような効果があるか、その目で確かめていただければ。ただし、そのときはお粗末《そまつ》なものを見ていただくことになりますが……」

栄太は思い切って言って、返事を待った。ダメならダメなときだ。

「……いいわ。やってみて」

綾子がまっすぐ見つめてきた。

2

栄太はズボンと下着をおろすと、まだダランとした肉茎に媚薬ジェルを塗り込む。

最初はスッとしたが、すぐにそこが熱くなってきた。とくに、亀頭の下の敏感な部分がジンジンと火照ってくる。

驚いたのは、夫人が恥ずかしがらずにガン見してきたことだ。

「ねえ、さっきルージュに似せたローターを見せてくれたでしょ？　あれを試しに使ってみたいの」

「もちろん。どうぞ」

ルージュまがいのローターを手渡す。

綾子がケースの蓋《ふた》を外すと、赤いルージュそっくりのローターが出てきた。あれはじつは赤く着色されたシリコンでできている。

「まあ、そっくりだわね。これだったら、携帯していても怪しまれないわね」

「はい……お洒落な奥様には、よくお似合いです。その根元を長押ししてください。スイッチが入ります」

綾子が長押しすると、口紅が振動をはじめた。振動音を抑えてあるので、小さな音しかしない。

「……媚薬もそろそろ効果が出る時期かしらね。でも、自分で触っちゃダメよ。あなたくらい若かったら、勃つのが当然だもの。触らないで勃たすのよ」

そう言って、綾子は組んでいた足を解いて、床に置き、ゆっくりとひろげていった。

ストッキング類は穿いていないようで、すべすべの素足が開いていく。

スカートがまくれあがって、むっちりとした太腿がのぞき、奥のほうに真っ赤な総レースのパンティが見えた。当然ながら、さっき、転んだときに見えたものと同じ下着だ。

レース刺しゅうになっていて、黒々とした繊毛が渦《うず》を巻いている。

なぜ夫人が、こんなエッチな下着をつけているのかわからない。だが、理由がわからなくとも、男は昂奮するのだ。

下を向いていたイチモツがぐぐっと頭を擡《もた》げてきた。しごいて育てたい。が、それは禁止されている。

「あらあら、もうそんなになって……媚薬のせい？　それとも、私に発情しているのかしら？」

綾子がにこっとする。目鼻立ちのくっきりした、きりっとした美人だが、笑うととても愛嬌がある。

「……りょ、両方です」

「上手く逃げたわね。これを使ってみるわね」

綾子が振動するルージュの先を、口紅を塗るように唇に押しつけて、

「あらっ、すごい振動……とても、口紅は塗れないわね」

微笑んで、振動するルージュを胸のふくらみにすべらせていく。ブラウスを大きく盛りあげた胸の頂上に、口紅を押しつけて、

「んっ……んっ……ぁああ、これ効く」

綾子は顎を突きあげて、がくん、がくんと震える。

きっと、ダンナのあれが言うことを聞かなくて、欲求不満なのだろう。エッチなパンティを穿いているのも、その現れに違いない。

そう思ったとき、肉柱が大きく頭を振った。

「ああ、すごいわ……今、ビクンって。ねえ、おチンチンを振ってみて。手を使っちゃダメよ」

栄太は丹田《たんでん》に力を入れ、お尻の孔を締めるようにする。すると、勃起がびくん、びくんとつづけて頭を振った。

「ああ、すごい……うちのとは全然違う。主人のあそこ、勃ちかけてもすぐにシュンとなっちゃうのよ」

「それでしたら、ぜひこれを使ってください。絶対にエレクトします」

「そうだといいんだけど……」

綾子ががばっと足を開いて、片方をソファに乗せたので、真っ赤なレースパンティがあそこに食い込んで、左右の肉土手がふっくらと盛りあがっているのが見えた。

「土手高でしょ？　主人にもお前のは土手高で、あそこの性能もいいと言われるのよ。そんなこと言うなら、頑張ってほしいわよね……ぁあああ、ぁああ、これ……効くぅ」

綾子が赤いルージュに似せた口紅ローターの先で、パンティの基底部をなぞりながら、

「あっ……あっ……」

顔をのけぞらせた。

こうすれば感じるとでも言うように、ルージュの尖った丸みを感じる部分に押しつける。

女の人はクリちゃんにローターを当てて、その振動で昇天する人が多いという統計が出ている。

開かれた太腿の内側が引き攣り、ソファに持ちあげられた足の指が離れながら、反っている。

そして、綾子はルージュローターをパンティの上から押しつけながら、

「あっ……あっ……」

かすかな声をあげ、とろんとした目で、栄太の勃起を凝視《ぎょうし》しているのだ。

エッチすぎた。これなら、しごかなくてもイチモツはますますギンとしてくる。

栄太が尻の孔を締めながら丹田に力を込めると、肉柱が大きく頭を振る。そして、綾子はそれを見ながら、ルージュを恥肉に押しつけて、ぶるぶると震えている。

「ああ、奥様……あの……」

「何？　何？」

「できたら……いえ、いいです」

「ふふっ、こうしてもらいたいんでしょ？」

綾子が立ちあがって、栄太に近づいてきた。肉棹を見て、

「ぁああ……逞しいのね」

鼻先でツンツンと勃起を撥ねあげた。それから、頬張ってきた。

先だけ口におさめ、赤い舌を出して、下側にねっとりとからませてくる。そうしながら、静かに唇をすべらせ、吐き出した。

「ふふっ、イチゴの味がするわね？」

「はい、ストロベリー風味になっておりますので、フェラの嫌いな女性にもお勧めです」

言うと、綾子は先だけ頬張って、ぷっくりとした赤い唇を亀頭冠の溝に這わせ、ぐにぐにとさせる。

3

（ああ、気持ちいい……！）

栄太がこのセールス旅で学んだことのひとつは、フェラチオの上手な女性の前では、男などはひとたまりもないということだ。

綾子は舌と唇をぐにぐにからみつかせながら、ゆったりと頬張り、顔を振る。低い振動音がする。ハッとして見ると、夫人はあの口紅ローターを太腿の奥に当てているのだ。

右手でローターを当て、左手で勃起の根元をつかみ、唇を勢いよくすべらせる。ちゅるっと吐き出して、

「ぁああ、感じる。これ、感じる……たまらないわ」

栄太を見あげて、眉を八の字に折った。

「あの、この勃起薬の効果はおわかりになっていただけたでしょうか？」

「ええ……買ってあげる」

「ありがとうございます。それから、女性のあそこの具合が良くなるジェルもありますが……どうなさいますか？」

「試してみたいわ。あなたが塗ってくれるなら……」

「もちろん」

綾子をソファに座らせ、パンティに手をかけて抜き取った。

自分で膝を持って開くように言うと、

「ぁあん、恥ずかしいわ……」

顔をそむけながらも、綾子はソファに座ったまま、両膝を抱えるようにして開いた。

黒々とした繊毛が渦を巻いていた。その下のほうに、女の花が艶やかに咲き誇っている。

バラのような大輪で、しかも、外側の花びらは大きくひろがっているのに、内側の花芯は繊細でわずかに褶曲しつつも、ぴたりと花弁を閉じている。

「すみません。塗りますよ」

花びらを押し広げるようにして、指につけたジェルを塗り込めていく。ハーブ成分が主体の媚薬なので、身体にいっさい害はないことを説明しつつ、小陰唇の内側の粘膜や、クリトリスに伸ばしていく。

すると、小さかった肉芽がどんどん大きくなってきて、包皮から顔を出した。

その光ったような真珠にくりくりと塗り込めると、

「あっ……あっ……」

綾子ががくん、がくんと震え、足の指をぐぐっと反らす。

「これって、舐めても支障がないのよね？」

「はい、もちろん……」

「じゃあ、申し訳ないけど、舐めてくれます？　もう我慢できないの……ジンジンして。熱くなってる。あそこが熱いのよ。あなたの唾で消火してくださらない？」

「はい、消火させていただきます！」

濃い翳りの底に顔を寄せ、包皮を指で剥いて、じかに肉真珠を舐めた。舌先で連続してそこを弾くと、

「ぁあああうぅ……いいの、それよ、それ……ぁああ、ねえ、吸って。クリを吸ってくださる？」

綾子が一転して、哀願調で言った。あるときは高圧的に、あるときは低姿勢で接してくる。

ご主人はこんな魅力的な女性を前に勃起しないとは……だが、きっと自分だって歳をとればそうなってしまうのだろう。

無我夢中で肉芽を吸いあげた。チューッと思い切り吸うと、

「ぁあああ……！　いいの。感じるぅ」

綾子は下腹部をせりあげ、ソファを引っ掻いた。

さらに、断続的に吸うと、

「あっ……あっ……熱いの。あそこが燃えてるみたい」

綾子は腰をがくがくさせ、栄太の顔面に下腹部を擦りつけてくる。口許にべちゃべちゃしたものを感じる。ちゅっ、ちゅっ、ちゅっとリズムをつけて吸うと、

「ぁあああ、イキそう……！」

綾子の洩らす声が逼迫してきた。

「ダメ、ダメ、ダメ……くっ……！」

一瞬、のけぞり、それから、震えながらぐったりした。イッたのだ。よほどぎりぎりの状態だったのだろう。

「……大丈夫ですか？」

おずおずと訊いた。

「ええ……ねえ、して……」

綾子が洋平の手をつかんで、引き寄せた。

「して……」

もう一度、とろんとした顔で言って、立ちあがり、代わりに栄太をソファに座らせた。下半身すっぽんぽんの栄太の股間から、肉の柱が臍に向かっていきりたっている。

「すごい角度……うちのじゃ、とてもじゃないけど太刀打ちできないわね。若いって素晴らしいわ」

「媚薬も効いているんだと思います」

「そうよね。私のなかもヒリヒリして、欲しがってる。熱いのよ、すごく……燃えてるみたい。あなたは火消しする義務がある。そうよね？」

「はい、あの商品のほうを……」

「わかってるわよ。今度うちで、パーティをやるんだけど、いつもビンゴゲームをするのね。その景品に困っていたんだけど、アダルトグッズいろいろにしようかしら？」

「ああ、それはいいですね。ばっちり、かわいくパッケージします。お安くしておきますので、よろしくお願いします」

「いいわよ。でも、あなたのセックス次第かしらね？」

「頑張ります！」

俄然やる気になった。

「うちのは、夜にならないと帰ってこないから」

そう言って、綾子は服を脱ぎ、一糸まとわぬ姿になった。とても三十九歳とは思えないむちむちした若い身体をしていた。上半身よりも下半身が発達していて、くびれたウエストからひろがった尻がたまらなかった。

綾子はソファにあがって、栄太にまたがり、いきりたつものをつかんで、塗れ溝に導き、腰を振った。

ぬるっ、ぬるっと先っぽが粘液ですべり、すごく気持ちがいい。

綾子がゆっくりと沈み込んできた。

熱いと感じるほどの沼地に、勃起がめり込んでいく。

4

栄太の勃起が貫いていくと、

「ぁああ、すごい……くうぅ、入ってるぅ！」

綾子が正面から抱きついてきた。

栄太もしっかりと抱きとめる。

夢を見ているようだ。まさか、階段でぶつかった女性とこんなことになるとは……。

（ついてるよな、俺。大阪でもぶつかってきた相手に買ってもらった。きっと、運がついてきたんだ）

「ぁああ、ぁあああ……いいの、いい……いるわ。カチンカチンがいる。私のなかにいる……」

綾子が耳元で言って、腰を振りはじめた。しがみついて、前後に揺すり、

「ああ、あああ……気持ちいい」

耳元で甘い声を洩らす。その仕草や甘ったるい声は、とてもこの棟の責任者だとは思えないのだ。

(女の人は変わる……)

あらためてそれを感じる。

「ねえ、気持ちいい？」

綾子が耳元で訊いてきた。

「はい……なかがぐにぐにして、たまらないです。生き物みたいにからみついてきます」

「よかった……これはどう？」

綾子は両手を肩に添えて、上下に撥ねはじめた。

またがりながら、腰を上下動させるので、屹立が膣に埋まっていき、いやらしい粘着音が聞こえる。

「ぁああ、恥ずかしい……でも、気持ちいいの……ぁああ、キスして」

上から唇を押しつけてきた。

栄太も懸命にキスに応え、舌を差し伸べて、ねちねちとからませる。すると、綾子はキスをしながら腰をつかう。

(ああ、気持ちいい、これ……！)

舌と膣の両方が攻め込んでくる。

まったりとしたディープキスを終えて、綾子はのけぞるようにして腰をつかう。目の前でたわわな乳房が揺れていた。

青い血管が浮きでた真っ白なオッパイは先が尖っていて、セピア色の乳首がいやらしくせりだしていた。

（よし、ここで……！）

思いついて、そばにあった口紅ローターをつかんだ。そのスイッチを入れ、乳首にそっと押しつける。すぐに、

「んっ……やっ、くすぐったい……やっ……あっ、ああん、気持ちいい！」

綾子はのけぞりながら、いっそう激しく腰をつかう。

口紅ローターの赤い先がすごい速さの振動を乳首に伝え、それが、下腹部にも伝わっているのだろう。

「ああ、これ、いい……いい……ぁあああああ、もう……！」

綾子は両手で肩につかまり、上体をのけぞらせて、鋭く腰を前後に打ち振る。

そのたびに、栄太のイチモツは揉み抜かれる。

こうなると、栄太も自分から打ち込みたくなる。思う存分に突いてみたくなる。

いったん抜いて、綾子を前にあるセンターテーブルにつかまらせ、腰を後ろに引いた。

発達したいかにも好き者そうな肉感的な尻が突きだされ、双臀の谷間にアヌスが息づき、その下に肉の唇がひろがっているのが見えた。

（ああ、すごい……ぐちゃぐちゃだ！）

栄太は挿入する前に、しゃがんで、そこを舐めた。

いっぱいに出した舌でぬるっ、ぬるっと狭間を舐めあげると、

「あああ……気持ちいい……たまらない。たまらないのよぉ」

綾子は切なげに尻をくねらせる。すごい量の愛蜜がどんどんあふれてきて、舐めても舐めても滴《したた》り落ちる。

栄太は立ちあがって、そそりたつものを押しつけた。尻たぶの間をすべらせていき、じっくりと進めていくと、切っ先が沼地に潜り込んでいき、

「あああぅぅ……きつい！」

綾子が思わず言う。

「きつい、ですか？」

「ええ……あなたの硬いから、全然違うのよ。それに……先が奥を突いてくる」

「じゃあ、浅めにしますか？」

「バカね。多少つらいくらいがいいのよ。突いて……奥まで！」

綾子が尻を突きだしてきた。

栄太は真後ろに立って、腰をつかみ寄せ、引きつけながら屹立を押し込んでいく。

それがネチッ、ネチッと音を立ててえぐっていくと、

「ぁああ……あああ、すごい……押しあげられる。内臓が押しあがってくるのよ……ぁああ、もっと、もっとしてぇ！」

綾子はセンターテーブルにつかまって、腰を後ろに突きだしながら、

「あんっ、あんっ……」

と、悩ましい声をあげる。

正面には窓があって、レースのカーテンがかかっている。五階だから、外からは見えないはずだ。

栄太ががんがん突いていると、

「ベッドでしたいわ」

そう言って、綾子は後ろから嵌められたまま、ふらふらと前に歩いていく。栄太も結合が外れないように押していき、隣室のベッドルームにたどりついた。

すると、綾子は結合したままベッドにあがって、這った。

栄太は真後ろに立っている。綾子が少し腰を低くしたので、ちょうど高さが合った。

床に踏ん張って、腰を叩きつける。立っていると、疲れないし、存分に腰がつかえる。

「あん、あん、あんっ……イキそう。また、イクわ……！」

綾子がシーツを握りしめた。

「いいですよ。イッてください。ビンゴの景品のほう、お願いします」

「わかったわ。買ってあげるから……ああ、ちょうだい。激しく突いて。綾子をメチャクチャにして！　ああ、もっと」

栄太はぐいぐいと突き刺していく。ぐっと射精感が嵩じてきた。

「あん、あん、あん……イクわ、イク……いやぁあああああ！」

綾子は嬌声をあげて、のけぞり、がくかくっと震えはじめた。

次の瞬間、栄太もしこたま放っていた。

第七章　鎌倉住職夫人

1

その夜、栄太は鎌倉《かまくら》駅の近くの居酒屋で呑みながら、頭を抱えていた。今日一日、鎌倉をまわったが、まったく売れなかった。やはり、古都鎌倉には大人の玩具は似合わないのだろうか？

明日は横浜《よこはま》でセールスをして、明後日には東京にいったん戻り、会社に売り上げを報告しなければいけない。

ワゴンの商品はまだ半分以上残っている。『よく頑張った』と慰労してくれるならいいが、その確率は限りなく低い。ブラック企業だから、きっと『あと半分、売ってこい！』と叱咤《しった》されて、翌日には北に向かって出発することになるだろう。

ひさしぶりに酔った。管《くだ》を巻いていると、隣の坊主頭の中年が声をかけてきた。

「旅の途中ですか？」

貫禄はあるものの、とても温厚な感じの人で、六十半ばといったところだろう。

線香臭いし、スキンヘッドで、作務衣《さむえ》を着ているから、僧侶の可能性は高い。

このへんは、古刹《こさつ》が多い。

「ああ、はい。こういう者です」

栄太は緊張しつつ、名刺を出した。

「旅の途中なんですけど、ちょっとつらい旅なんです」

車一台分の大人の玩具を売り切らないと、正社員になれないのだという話をした。

「ほう、それはまたご苦労をなさっていらっしゃいますね」

そう言う男の目がきらっと光った。もしかして、興味があるのかもしれない。

僧侶のなかには、セックス好きの生臭《なまぐさ》坊主《ぼうず》がいるという話も聞いていた。

男は『恩恵《おんけい》』と言って、このへんのお寺の住職をしているのだと自己紹介した。六十五歳で、寺で生まれて僧侶になり、父の跡を継いだのだと言う。

「そうですか……すごいですね。このへんは古刹や名刹が多いですものね」

洋平が言うと、

「いやいや、うちの寺なんか、金魚のフンみたいなものですよ。寺は小さいし、檀家《だんか》も少ない。改修するにも先立つものがなくて、寺も荒れ果てておりますよ」

恩恵がスキンヘッドをつるっと撫でた。

どこか妙な雰囲気のあるお坊さんだなと思いながらも、ここの分を持ちますから、呑みましょうと言われて、ひさしぶりに痛飲した。

車は駐車場に停めてあるから、問題ない。今夜も車中泊をするつもりだ。

住職は話を引き出すのが上手かった。乗せられるままに、このツアーで体験した人妻との不倫話をついついしてしまっていた。

恩恵はそれをにこにこして聞き、

「私も生臭坊主でしてね。いろいろと戒律《かいりつ》は破ってまいりましたよ。とくに、これが好きでね」

恩恵は小指を立てて、にかっと笑う。

笑うと、せっかくの温厚な顔が途端にいやらしくなる。

「もっとも今の僧侶は、肉食も酒も女のほうも許されておりますから。うちにも、三十八の奥さんがいるんですが、美人なのに色欲《しきよく》が強くて、こっちの身体がもちませんよ……と、まあそんなことがあるので、大人の玩具に興味があるわけです」

まさかの展開に、栄太はセールスモードになった。

「それなら、これから商品を取ってまいります。すぐですので」

「そうしていただきましょうか？　そうだ。さっきの話では今晩、車中泊とか？　でしたら、うちの寺に泊まられたらいい。もちろん、お代は取りません」

「そうさせてください！　すぐに戻ってきます」

栄太はダッシュで駐車場に向かい、停めてあるバンの荷台からこれという商品をバッグに詰め込んで、キャリーで引く。

居酒屋の前に、恩恵が立っていて、二人は寺に向かった。

歩いて十五分ほどで到着した寺は、確かに敷地が狭く、本堂も小さい。同じ敷地内に建っている寺務所をかねた住居に入っていく。

出迎えた住職の妻を見て、唖然《あぜん》とした。

夜も遅いのに、着物をきちんと着て、髪を結っている。和服の似合う淑《しと》やかな雰囲気が滲んで、すっきりした美人なのに、態度が控えめで、奥ゆかしい。

名前は美雪《みゆき》だという。

住職は、奥さんは色欲が強くて自分の身体がもたないと言っていた。確かに匂い立つような色気はあるのだが、そんなに多情には見えない。むしろ、楚々《そそ》として理想の奥さんに見える。

恩恵が美雪の耳元で何か言って、奥さんがはにかんだ。それから、艶めかしい笑みを残して、部屋を出ていく。

住職に案内されたのは、夫婦の寝室で、六畳ほどの和室にはすでに布団が二組敷いてあった。

「では、お道具のほうを拝見させていただきましょうか？」

恩恵が正座する。

栄太はバッグから様々なアダルトグッズを取り出して、解説をしながら、実演をする。すると、恩恵はスキンヘッドをてからせながら、興味津々という様子で実際に手に持って、具合を確かめる。

その姿を見ていると、とても仏の道につかえる者だとは思えない。しかし、あんなきれいな奥さんを娶《めと》ったのだから、男女関係においてはきっと相当の遣り手なのだろう。

驚いたのは、住職がアナルグッズに興味を示したことだ。アナル拡張用のディルドーやバイブを手に取って、ふんふんとうなずいているのだ。

(まさか、あのきれいな美雪さんのアヌスを責めるのか？　まさかな……)

栄太はついついその姿を想像してしまい、股間が大きくなってしまう。解説をしていると、

「失礼いたします」

襖《ふすま》が開いて、美雪が入ってきた。

(ああ、これはすごい……！)

栄太はその艶やかな姿に見とれた。

美雪は白い長襦袢をまとって、半帯を締めている。結われていた黒髪が解か

れて、肩や胸のふくらみに垂れ落ちていた。

2

「これを塗ると、敏感になるんですね？」

「はい……ハーブを主体にしたもので、すぐにあそこがジンジンしてきます」

「乳首でもかまいませんか？」

「はい、もちろん」

「ケツの孔でも？」

「え、あ、はい……」

「では、試してみましょう。美雪、そこに座って」

布団に正座した妻の美雪の白い長襦袢を、恩恵はぐいともろ肌脱ぎにさせた。

こぼれでてきた乳房を見て、思わず凝視してしまった。

決して大きくはないが、直線的な上の斜面を下側の充実したふくらみが持ちあげた美乳で、しかも、乳首は透きとおるようなピンクだ。それ以上に、恩恵が客の前で、妻のオッパイを丸出しにしたことにはびっくりした。仏の道に関わる者がこんなことをしていいのか？

美雪が恥ずかしそうに胸を隠して、うつむいた。

その腕を外させて、恩恵は透明なジェルを乳輪と乳首に塗り込んでいく。薄いピンクの突起が指で転がされ、見る間にぬめ光ってきた。

そして、美雪は「んっ、んっ……」とくぐもった声を洩らし、時々、恥ずかしそうに栄太のほうを見るのだ。

(ううむ、これは……？)

美雪は心からいやがっているようには見えない。

(何なんだ、この二人は！)

それから、恩恵は妻を布団に這わせた。

尻を覆っている長襦袢の裾をまくりあげたので、つるつるのヒップがこぼれでた。

胸と較べて、尻は大きい。しかも、肉感的でぷりんと張っている。

「どうですか？　美雪は胸も尻もきれいでしょ？　とくにこの尻がむちむちし

ていて、よろしいでしょう?」

「ああ、恥ずかしい……」

夫に剥きだしのヒップを撫でられて、美雪がくなっと腰をよじった。

「量はこのくらいでよろしいでしょうか?」

「ええ……内側にも外側にもイケますから」

「ほお……」

恩恵がチューブから取り出した媚薬ジェルを陰唇の外側に伸ばし、さらに、たっぷりの媚薬を載せた指を花芯の内側に潜り込ませた。ごつい指が二本、翳りの手前にすべり込んでいき、

「あうう……くっ……あなた、苦しい」

美雪がつらそうに訴えてきた。

「その苦しさが、すぐに快感に変わる。そうですな、藤森さん?」

「ああ、はい……すぐにジンジンしてきます」

「では、これをアヌスにも……」

恩恵は尻たぶをひろげ、あらわになった茶褐色の窄まりにもたっぷりの媚薬

ジェルを塗り込めていく。

すると、美雪が腰を妖しくくねらせて、

「ぁああ、あああ……」

身体を痙攣させる。

「見てのとおり、美雪はお尻のほうが感じるんですよ。ただ、嵌めようとすると痛がるのでね……では、このまましばらく放置しておきますか。美雪を酒のサカナに、一杯、やりましょう」

恩恵がまさかの提案をする。

（この住職は根っからの生臭坊主なんだな）

二人で日本酒を酌《く》み交わし、美雪がもどかしそうに腰をくねくねさせる姿をサカナに、酒を呑む。

それをつづけるうちに、美雪が這ったまま腰を揺らして、

「ああ、熱い。どこもかしこも熱いんです……ぁああ、ウズウズが止まらない。くださいな。ください……ぁああ」

もう我慢できないとばかりに、いっそう強く腰を揺すりあげる。

「しょうがないな……」

恩恵は立ちあがり、さっき紹介しておいたピンクのアナルバイブをつかんで、美雪のアヌスに押し込んでいく。

根元に向かうにつれて大きくなるビーズが幾つもついたもので、細く柔らかいから、アナルセックスの初級者用グッズだった。

ピンクの球の連なりがお尻の奥へと消えていき、恩恵がそれを抜き差しすると、

「ぁあああ、許して、許してください……ぁああ、つらい！」

美雪はつらそうに眉根を寄せる。それでも、ピンクのビーズが出入りするにつれて、徐々に感じてきたのか、

「ああああ、ああ……いいの。気持ちいい……ああ、おかしくなる」

心から感じているような声を出す。

(やはり、美雪さんはお尻が感じるんだな。それにしても、エロい)

窄まりの襞がピンクのピーズにからみつきながら、めくれあがっている。

普段は淑やかな鎌倉夫人が、お尻の孔を責められて、艶めかしい声を洩らす。

その姿をひどく卑猥に感じてしまう。

「強欲女が。こうしてやる」

恩恵が下半身裸になった。そそりたっているイチモツを見て、圧倒された。

それが、長さも太さも並外れた巨根だったからだ。

なるほど、この大きさでは女性が痛がって、アナルセックスは難しいに違いない。

栄太のイチモツはあれほど太くはないから、どうにか入りそうだが……。

「ぁあああ、いいの……！」

美雪の声に振り向くと、恩恵が後ろから太マラを膣に埋め込んだところだった。バイブはアヌスに嵌めたままだ。

「おおぅ、たまらんな……玉門が締まってくるぞ。くうぅ、バイブの振動も感じる」

恩恵がうっとりとしながら、腰をつかう。恩恵は巨体だし、美雪は小柄だから、まるで美女と野獣だった。とても、この人が寺の住職だとは思えない。

「あん……あんっ、あんっ……」

下を向いた乳房を揺らせて、美雪が背中を弓なりに反らせる。

恩恵は打ち込みながら、アナルバイブをしっかりと押さえつけている。

唖然として眺めていると、恩恵がまさかのことを言った。

「藤森さん、こっちに来て、妻にあなたのおチンチンを咥えさせてやってくれんか？」

3

栄太は下半身すっぽんぽんになって、二人に近づいていく。

四つん這いで、住職に後ろから打ち込まれている美雪の前にまわって、おずおずと勃起を突きだした。

ちらっとそれを見て、美雪がいやいやをするように首を振った。

「美雪、私の言うことを聞けないのか？　煩悩《ぼんのう》に苦しんでいたお前を救ったのは、私だっただろ？　やりなさい」

「はい……」

二人の間に何があったのかはわからない。

しかし、何か過去があって、とにかく美雪は恩恵には頭があがらないようだ。

美雪がおずおずと口を開いたので、栄太が勃起を寄せると、まるで唇で手繰《たぐ》りよせるようにしてイチモツを頬張った。

そして、自ら顔を振りはじめる。

すごい光景だった。住職の美人奥様が、後ろから貫かれながら、栄太の肉柱を頬張っている。つまり、二人の男を相手にしているのだ。

美雪はとてもフェラチオが上手だった。柔らかな唇がまとわりつきながら、イチモツの表面をすべっていく。

それを見た恩恵が、後ろからゆったりと突きはじめた。白い長襦袢からのぞく真っ白な尻をつかみ寄せながら、ぐいぐいと打ち込む。

「ぐふっ……ぐふっ……」

突かれる度にえずきそうになりながらも、美雪は必死に頬張ってくれている。

すごく根性のある女だ。

上の口と下の口だけでなく、お尻の孔にもアナルバイブを突っ込まれているのだ。それなのに、一生懸命に栄太の勃起を咥えてくれている。

「美雪、二人に犯されて極楽だろ？　お前はマゾだからな。たくさんの男に犯されたほうが感じる。気持ちいいだろ？」

「はい、幸せです」

「よし、交替しよう」

恩恵が結合を解き、アナルバイブも外した。

「今度は、藤森さんが玉門に入れてくだされ」

「よろしいんですか？」

「いいから、言っているんですよ。さあ」

せかされて、栄太は後ろにまわる。

いったい何がどうなっているのか、理解できない。こんな3Pはもちろん初めてだ。また、自分ができるとも思っていなかった。

だが、こんな美人とできるのだから、しないと損だ。

垂れてきた白い長襦袢をめくりあげて、肉感的に張りつめた尻たぶの底に押しつけた。そこはもうぬるぬるで、早くちょうだいとばかりに、膣口がうごめいている。

腰を入れていくと、切っ先がとても狭い膣口を押し広げていき、

「ぁあああ……いい！」

美雪がまさかのことを言って、のけぞり返った。

（そうか。やはり、この人はマゾなんだな……！　ダンナ以外の男にされて悦んでいる）

そうとわかれば、栄太もためらいはない。

媚薬のせいもあるのか、粘膜はとろとろですべりがいい。しかも、締めつけがすごい。栄太が勢いよくピストンすると、美雪はシーツを鷲づかみにして、

「あん、あん、あん、あん……」

喘ぎをスタッカートさせる。

「美雪、気持ちいいか？」

恩恵に訊かれて、

「はい……気持ちいい。美雪のあそこ、気持ちいい……！」

美雪が答える。

「この、ヘンタイ女が。そうら、咥えろ」

恩恵が突きだしてきた巨根を、美雪は嬉々として頬張り、唇をからませる。

「おお、たまらん……お前の舌はいつもたまらんな」

スキンヘッドをてからせた住職が、美雪の長い髪を引き寄せて、イラマチオをする。

苦しそうに呻きながらも、美雪は決していやがらずに、差し込まれる巨根にしゃぶりついている。

（ああ、すごい……マゾの女の人って、こんなに一途でかわいいんだ！）

栄太はまたひとつ、女が何たるかを教えられた。

この旅をはじめる前は何一つ女のことをわかっちゃいなかった。

この旅で唯一良かったことと言えば、多くの女の人とセックスできたことだ。自分で言うのもへんだが、セックスに関しては、この旅で随分と成長したような気がする。

くびれた腰をつかみ寄せて、ぐいぐいえぐっていくと、美雪はその度に乳房を揺らしながら、同じリズムで住職の巨根に唇をすべらせる。

すごく具合がいい。

もう少しで射精というところで、恩恵がまさかのことを言った。

「藤森さん、あんたを見込んでひとつ頼みがあるんだが……」

「何でしょうか？」

「アナルファックをしてやってくれないか？」

「えっ……？」

「私のチンチンが大きすぎて、美雪はまだお尻のなかに本物のチンチンを入れてもらったことがないんじゃよ。あんたのなら、入るだろう。やってくれんか？」

つまり、栄太のイチモツが恩恵より細身だから、アナルセックスができるということだろう。

「これは、美雪のたっての望みでもあるんだ。そうだな、美雪？」

美雪がこくんと大きくうなずいた。

「頼まれてくれんか？」

「……そういうことなら。でも、俺もまだアナルセックスの経験はないので」

「平気じゃよ。美雪のアヌスはすでに指で拡張してある」

「では、あの……うちの商品を買っていただけますか？　それなら、悦んでやらせていただきます」

とっさに、商品を売り込んでいた。

「もちろん、買わせていただきますよ」

「わかりました」

栄太は結合を解いて、商品のなかからローションを取り出した。チューブからとろっとした粘液を絞りだしながら、それを尻たぶの狭間に塗りつけていく。

と、小菊の花に似たアヌスが怯えたように、きゅんっと締まった。かまわず塗り込み、マッサージをすると、次第にそこが柔らかくなっていき、窄まりが開いてきた。

4

栄太が裏門をローションマッサージしていると、

「ああ、気持ちいい……そこ、気持ちいいんです……ぁあああぁ」

美雪が尻を突きだしてきた。窄まりがひろがって、ひくひくと誘うようにうごめいている。

（これなら、入りそうだ）

栄太は自分の勃起にもローションを塗って、切っ先を窄まりに押しつけた。慎重に突きだしていくものの、ぬるっ、ぬるっとすべって上手く入らない。

「そこで位置は大丈夫だ。思い切って、入れてみなされ」

びっくりした。恩恵が間近で覗き込んでいた。やはり、妻がアナルバージンを捨てるところを見たいのだろう。

上へ上へとずれようとする肉柱を押さえ込むようにして強く突きだした。

その瞬間、亀頭部が小さな孔をこじ開けていく感触があった。さらに、腰を入れると、狭いところを突破する確かな感触が伝わってきて、

「ああうぅぅ……！」

美雪が低く凄絶《せいぜつ》に呻いた。

「ああ、すごい……！）

入口がぎゅ、ぎゅっと締まって、勃起を締めつけてくる。さらに奥までえぐり込むと、抵抗を諦めたように入口の締めつけが弱まり、代わりに内部のぐにぐにしたものがからみついてきた。

気持ち良すぎて、ピストンもできない。じっとしていると、

「ついにやったな。美雪、アナルバージンを卒業できたな。よしよし……」

住職が妻の髪を慈しむように撫でる。

（そうか。これも愛情の一種か）

栄太はまたまた男女の機微《きび》に触れた気がする。

（やっぱり、愛する人がいるって素晴らしい。俺も誰かいい女を見つけよう……！）

栄太は固く心に誓った。

「藤森さん、動かしてやれ。抜き差しして、美雪をイカせてやってくれんか」

恩恵が頼んでくる。

「でも、美雪さんのお尻は大丈夫なんですか？」

栄太が訊くと、

「この人は少しくらいつらいほうがいいんです。そうやって、性の道を究めていく。これも、修行なんですよ。お願いします」

住職が頭をさげた。

ならばと、栄太は腰をつかう。くびれたウエストをつかみ寄せて、スローピストンすると、入口の括約筋が締めつけてきて、ぐっと快感が高まる。

膣と較べて、全体の密着感はないが、その分、入口の締めつけが強い。

しかも、ピストンを小休止すると、アヌスがひくひくっと蠕動《ぜんどう》して、からみついてくる。

「これを使ってくだされ」

住職がさっき紹介したピンクローターを持ってきた。普通より大きめで、リモコン操作のできるものだ。

「これを、前のほうに入れてやってくれんか？」

「……やってみます」

卵形のローターを受け取って、それを膣に押し込んでいく。

性感の高まりで洪水状態の膣はぬるりとそれを呑み込んでいく。

恩恵がスイッチを入れた。

大型ローターが唸りをあげて、振動をはじめた。その震えが後ろにも伝わってきて、栄太の勃起もはっきりとローターの細かい振動を感じる。

「すごい……ビーッ、ビーッ震えています。ぁああ、こっちも気持ちいい」

「そうか、そうか……美雪、どんな気持ちだ。前と後ろに入れられている気分は?」

「……ああ、気持ちいいです。こんなの初めて……痺れます。オマ×コとお尻が……ぁあああ、突いて。突いてください」

住職夫人が切々と訴えてきた。

栄太も振動を感じながら、腰をつかった。と言っても、お尻を傷つけてしまいそうで、強くは打ち込めない。ゆっくりと慎重にピストンすると、

「ぁああ、すごい……両方、気持ちいい……前も後ろも……ぁああ、蕩《とろ》けそう。蕩けそうです、ぁあああああ……」

美雪がシーツを皺《しわ》ができるほどに強く握りしめて、顔をのけぞらせる。

「たまらんな、その顔……美雪はほんとうにいい顔をする。まるで、仏様だ。咥えなさい。私のを咥えながら気を遣るんだ」

そう言って、恩恵が前にまわり、野太いイチモツを差し出した。

すると、美雪は自分からそれを頬張って、顔を振りはじめた。

(すごい人だ……こんなときでも、ご奉仕の気持ちを忘れない)

栄太は感動しながら、徐々にストロークを強めていく。

「んっ、んっ、んっ、んっ……」

美雪はくぐもった声を洩らしながらも、懸命に夫のイチモツにしゃぶりついている。

恩恵が長い黒髪をつかんで、イラマチオをはじめた。デカマラをぐいぐい口に突っ込む。

栄太もさらに打ち込みを強くする。

しばらくすると、射精前に感じるあの昂揚感がふくらんできた。

どうやら、お尻の孔でも、男は射精できるらしい。

「ああ、出そうだ。出ます！」

思わず言うと、

「私もだ。出すぞ。美雪、呑めよ。呑むんだ！」

恩恵がさらに太棹を強く口腔に叩き込んだ。二人も、そして、美雪も高まっていくのがわかる。

打擲音と唾音とくぐもった呻きが和室を満たした。

(ダメだ、我慢できない)

次の瞬間、栄太は内臓に向かって、白濁液をしぶかせていた。恩恵も唸りながら射精する。

美雪は白濁液を呑み干すと、どっと前に突っ伏していった。

第八章　東京の美人課長

1

その日、栄太は自分の勤める会社『ハニーホット』に帰社した。

南から北へとセールスの旅をつづけている途中で、東京を通るときは必ず立ち寄って、売り上げ状況を報告するように言われていた。

社の駐車場に停めてあるワゴンに積載された商品の減りを見て、直属の上司にあたる田中《たなか》営業課長が、

「ふん、まだ半分も行ってないじゃないか。これで全部売り切れるのか？　わかっていると思うが、ひとつ残らず売り切らないと、藤森の正社員昇格はないからな」

と、あたり前のように、血も涙もないことを言う。

悔しさを噛みしめていると、そこに、ビジネススーツを着たスタイル抜群の

女性がやってきた。

かるくウエーブした髪、きりっとした美貌、ブラウスをこんもりさせた大きな胸、ぐーんと張ったヒップは膝上のタイトミニに包まれ、すらりと長い足は赤いハイヒールで持ちあがって、いっそう脚線美が強調されている。

(こ、この人は……高根沢《たかねざわ》怜香《れいか》!)

高根沢怜香はうちの商品開発部課長で、この人がうちの商品の開発、改良を一手に引き受けていると聞く。高根沢怜香なしでは、『ハニーホット』という会社は存在しないとも言われている。

(その人がなぜ?)

呆然としていると、怜香が「なかを調べるわよ。課長はもうけっこうですから」と言い、ワゴンに乗った。

「後は頼むよ……今夜だけは東京でゆっくりする許可をやる。明日からは、北へ向かうんだ」

田中課長が険しい顔で言って、去っていく。

「ちょっと……!」

車のなかから、伶香に呼ばれて、あわてて車内に入る。すると、商品が積まれた狭いバッケージスペースで、伶香の尻がこちらに向いていた。

四つん這いになっているので、タイトミニに包まれた大きなヒップの形があらわになり、しかも、黒い透過性の強いパンティストッキングに包まれた太腿がほぼ付け根まで見えてしまっている。

（ああ、すごい！）

それはたんなる女の尻ではない。我が社の屋台骨を支える美貌の商品開発課長のヒップであり、太腿なのだ。

ごくっと生唾を呑みながら、栄太も近づいていく。

「な、何でしょうか？」

「きみ、商品のサンプルを随分と使っているわね」

「ああ、はい……あの、お買いあげしていただくときに、必ず試用していただいてから、お買いあげしていただいているので……」

「ほんとうに？」

伶香が這ったまま、顔だけをこちらに向けた。

（き、きれいすぎる……！）

柔らかく波打つセミロングの髪が垂れ落ちて、ととのった、きりっとした美貌にかかり、まるで、伶香をバックから嵌めているような気がして、ますますドキドキしてしまう。

その証拠に、下腹部のイチモツが早くもズボンを突きあげる感触がある。

「もちろん。ほんとうです。必ず、お試し願ってから、売っています」

言うと、伶香の目尻がすっと切れあがった目がきらっと光った。

「わかっていると思うけど、私はマーケティングを重視しているのよ。そのへんの話を逐一聞かせてもらえないかしら？　ユーザーの声をもっと聞きたいのよ」

「もちろん、よろしいです」

「じゃあ、売れた商品のサンプルを持って、開発部の私の部屋に来てもらえる？」

「わ、わかりました」

「じゃあ、待っているから」

そう言って、伶香が後ろ向きに近づいてきた。もちろん、栄太に意識的に近づいているのではあく、たんに、車の外に出たいだけなのだろう。

それでも、はち切れんばかりのタイトミニに包まれた発達したヒップがどんどん接近してきて、ついには、スカートの裾から黒いパンティストッキングの張りついた下着までもが見えた。

（きっと、白だ！）

シームがパンティのちょうどセンターに当たり、そこからぷっくりとした肉土手がふくらんでいる。

伶香は若く見えるが、実際は三十五歳で、すでに結婚していると聞いている。夫とやりまくっているから、女性器もこんなにふっくらしてくるのだろうか？

もう少しで、尻に鼻が当たる寸前で、伶香はくるりと向きを変えて、後部ドアから外に出た。

「じゃあ、頼むわね」

乱れた髪をかきあげて、伶香はハイヒールの音をコツコツ響かせ、駐車場のエレベーターに向かった。

2

商品を詰めたキャリーバッグを引きながら、開発室に入っていくと、我が社のアダルドグッズが所狭しと並べてあり、製作途中のバイブレーターが中身をさらしていた。

開発部と言っても、結局は伶香がほとんどの業務を行なっているらしく、開発室には伶香ひとりしかいない。

部屋を埋め尽くした様々なセックストイと、美貌の伶香の組み合わせは、それだけで栄太を昂奮させた。

伶香はスーツを脱いで、ブラウスの上に白衣をはおっていた。

あたふたしている栄太を応接セットのロングソファに座らせ、自分もひとり用の肘掛けソファに腰をおろして、足を組んだ。

白衣がはだけて、ぴちぴちのタイトミニからすらりとした足と、むっちりとした太腿が際どいところまで見えた。

「いいわよ。はじめてちょうだい」

「で、では、はじめさせていただきます……まず、この『ダブル』と名付けられた、クリトリスとＧスポットを同時に刺激するグッズですが……」

と、栄太は紫色のＬ字形の製品を取り出した。

「これも実際に試していただいたんですが、みなさん、クリトリスと膣の位置と言いますか、距離が微妙に違うので、なかなかぴたりと来る人は少ないようです」

「そうね。これは私をモデルにして作ったものだから、私にはちょうどいいんだけど……膣挿入部とクリトリスに当たる部分の距離を遠い、中、近いと三種類に分けたらどうかしら？」

怜香が即、提案する。さすがに頭の回転が速い。

「それでいいと思います。そうすれば、こちらも実際試してからお選び願えるので、ばっちりだと思います。それから、言いにくいんですが……」

「何？」

怜香が大きく足を組み換えた。意識的ではないだろうが、その瞬間、スカートの奥がのぞいて、黒いパンティストッキングから白いものが透けて見えた。

「あ、あの……」

言いよどんだとき、伶香が言った。

「いやだ。きみ、今、私のあそこを見たでしょ？」

「いえ、見ていません」

「おかしいわね。きみのあそこが、テントを張っているんだけど」

伶香の視線がズボンの股間に落ちた。そこが、すでに三角に持ちあがっていた。

「ああ、すみません」

「わかってきたわ。きみ、そうやって股間を大きくして、顧客にアピールしていたんでしょ？　違う？」

「いえ、そんな……これは、自然現象ですので、大きくしようとしてなるものではありません」

「そうよね。勃起は副交感神経がもたらすもの。いわば、無意識の領域だから……いいわよ。つづけて」

「はい……あの、このクリトリス吸引部ですが、ぴたりと密着させないと、空気が入ってしまいますので、なかなかエクスタシーには達しないようです。ですので、もう少し密着度を高める仕掛けが必要かと……」

「それは、私も気になっていたのよね。ちょっと貸して……見ないでよ」

怜香はくるりと後ろを向いて、パンティストッキングとパンティを膝までさげた。それから『ダブル』を膣に挿入しようとして、

「ダメ。濡れていないから、入らないわ。私のあそこ、すごく狭いから。ローションを貸して」

「あの、何なら俺が舐めますが……」

「何言っているの。立場を考えなさいよ。いいから、早くローションを！」

「はい……すみませんでした」

ローションのチューブを差し出すと、怜香は受け取って、それを下腹部とグッズに塗った。それから、足を開いて、短い男根部を挿入し、クリトリス吸引部を調節して当てて、その上からパンティを穿き、パンティストッキングを引きあげた。

「どう？　こうすれば、わからないでしょ？」

こちらを向いて、にこっとする。

確かに、下着とパンティストッキングに押さえ込まれた『ダブル』はぴたりと下腹部に張りついている。

伶香はスカートをおろして、ソファに座り、自分でリモコンを操作する。

「Gスポットには確実に当たっているんだけど、やっぱり、クリトリスの刺激が弱いわね。知ってる？　クリちゃんは表面に出ているのはとても小さいけど、実際は大きな根を張っていて、それは小陰唇の奥にまで這っているの。だから、びらびらを愛撫すると、クリちゃんにも伝わって、エレクトしてくるの。男性はクリちゃんの根っこを意識して愛撫をするといいのよ」

「知りませんでした。勉強になりました」

「ほんと、男はセックスに関して勉強不足なのよ。アダルトビデオはショーだから、あんなもの見てはダメよ。わかった？」

「はい！」

「……んんっ……そうか。やはり、こうやって上から押さえると、密着して、吸引もバイブもはっきりと感じられるようね」

　伶香はスカートの上から下腹部を手で押さえていたが、やがて、

「んっ……んっ……ぁああ、気持ちいい……クリが気持ちいい」

　きりっとした美貌を見せて、腰を引いたり、突きだしたりする。

「これはね、たとえば屋外で、女性のあそこに密かに装着させて愉《たの》しむものなのよ。男性がいかにも悦びそうでしょ？　自分の恋人のあそこにはこんなものが入っていて、それを自分がリモコンでコントロールしているんだから。そういう支配欲を満たすものを男は好きなのよ。違う？」

「はい、確かに……そう思います。秘密を持つことが、背徳感《はいとく》に繋がって、しかも、秘密を共有することで二人の絆《きずな》がさら強くなると言いますか……」

「きみ、とっぽい顔をしているけど、意外とわかっているじゃないの。見直したわ。案外、うちの仕事が向いているかもよ」

「そうでしょうか？」

「ええ……私の目に狂いはないはず。報告をつづけて」

　うなずいて、栄太はバイブレーターやローター、媚薬、ディルドー、セクシ

ーランジェリーなどの商品で、思いついたことを話した。

すごいのは、その間、伶香は『ダブル』を装着したままで、報告を受けながら、時々、もう我慢できないとでも言うように、腰をくねらせ、もじもじさせることだ。

一時間ほどかけて話し終えたとき、伶香が言った。

「今夜は東京に泊まるのよね？」

「はい。明日から北関東《きたかんとう》、さらに、東北《とうほく》に向かう予定です」

「じつはね、試作品を試したいと思っていたのよ。ちょうどいいから、きみ、モニターになってくれる？」

「もちろん、よろしいです」

「じゃあ、午後五時になったら、ここに来てちょうだい」

「わかりました。よろしくお願いします」

モニターって何をするんだろう？　期待感を胸に、栄太は開発室を出た。

3

午後五時に開発室に行くと、伶香はバッグを持って、栄太とともに会社を出た。その後、このホテルのレストランで食事をおごってくれた。

そこで、伶香の夫は五歳年上の商社マンで、現在は米国のロサンゼルスに長期滞在していることを知った。自分のような正社員でもない男にそこまで打ち明けてくれたのは、伶香は心のどこかに寂しさを感じているからだろうと思った。

それは、栄太がこれまで商品を売ってきた人妻にも同じことが言えるのかもしれない。結婚して、幸せな生活を送っているようで、じつは、精神的にも肉体的にも満たされないものを抱えているのだ。

(それを、うちの商品を使うことで、少しでも解消してくれればいい)

そう考えると、この商売も満更《まんざら》でもないと思えた。

「そろそろ、部屋に行きましょうか？　試作中のグッズをきみに試したいだけだから、勘違いしないでよ」

伶香は立ちあがって、レストランの勘定をカードで払い、二人は高速エレベーターに乗って、三十八階にある部屋に向かった。

そこはダブルの部屋で、ソファセットと大きなベッドが置いてあった。

「じゃあ、きみは裸になって、シャワーを浴びてきて」

伶香がスーツの上着を脱ぎながら言う。

（もしかして、セックスできるんじゃないか？　いや、無理だろう）

様々な思いを抱えて、シャワーを浴び、とくに、股間はきれいに洗った。

薄いバスローブをはおって、バスルームを出たとき、唖然としてしまった。

伶香が黒い下着姿になっていた。

（ああ、これは……！）

北新地のキャバクラで、ホステスに購入してもらったあのセクシーランジェリーだった。

ふわっとした、黒いシースルーのベビードールの下はノーブラで、たわわな乳房がレースの布地を丸く押しあげ、二つの乳首がツンと布地を突きあげていた。そして、すらりと長い足を太腿までの黒いストッキングが包み、しかも、それがガーターベルトで吊られているのだ。

「きみも売った我が社のセクシーランジェリーよ。どうせだから、つけてみたの。これもわたしがデザインしたのよ……いらっしゃい」

伶香は婉然と微笑んで、手招いた。

栄太が近づいていくと、顔を両手で挟み付けるようにして、顔を寄せてきた。あっと思ったときは、キスされていた。

とても巧妙なキスだった。

唇をなぞっていた舌が隙間から入り込み、栄太の舌をとらえて、からんでくる。伶香が顔の角度を変えて、唇を重ねながら、バスローブの紐《ひも》を解いた。

次の瞬間、下腹部のそれをなぞられて、イチモツが一気に硬くなった。

「ふふっ、さすがね。あっという間にカチカチになった。栄太くん、これで日本全国の人妻をコマしてきたんでしょ？」

唇を離して、伶香がにやっとした。

「いえ、そんなことは……」

「私の前では、品行方正ぶらないでいいのよ。どこの人妻がよかった？　博多美人？　それとも、大阪の女？」

そう言いながら、伶香はしなやかな指で肉棹を握って、ゆるゆるとしごいてくる。

「ほんとうのことを言いなさい」

「……すみません。ウソをついていました。売るときは、だいたいの女性としました。そうしないと、買ってくれなくて」

「……やっぱりね。そうだと思った。きみ、年上の女の心をくすぐるものね。これも、反りがすごいし、カチンカチンだもの……ベッドに腰かけて」

バスローブを脱がされて、栄太は大きなベッドの端に腰をおろした。

すると、伶香がその前にしゃがんで、

「じつは、今夜試したいのは、早漏防止のジェルと器具なの。テストをするには、きみのここを大きくしないといけないでしょ？」

見あげて言って、伶香がいきりたっているものを握り、ゆるゆるとしごいた。

それから、顔を寄せて、ツーッと舐めてきた。

裏筋を下から舐めあげ、亀頭冠の真裏の包皮小帯にちろちろと舌を走らせた。

その間も、睾丸袋をソフトにあやしてくる。

テクニックが抜群だった。

「どう？」

伶香が見あげながら、ウエーブヘアをかきあげた。その艶めかしい表情にくらくらしながら、言った。

「すごく気持ちいいです。抜群です」

「ふふっ……私は性のメカニズムを熟知しているし、性器の構造もわかっているから」

にこっとして、伶香が上から頬張ってきた。

余った包皮をぐっと根元に引きおろし、剥きだしになった亀頭冠を中心にゆっくりと唇をすべらせる。さらに、カリにちろちろと舌を走らせる。

「ペニスはね、根元のほうはあまり性感帯がないのよ。亀頭冠の周囲に性感帯が集中しているから、ここを中心にかわいがってあげると、男は気持ちいいのよ」

そう言って、伶香は中指と親指でリングを作り、亀頭冠の裏のほうを静かに擦ってくる。これは効いた。

「ああ、気持ちいいです……そこ、熱くなって、痺れてきました」

思わず訴えると、伶香はうふっと微笑んで、亀頭部を舐めてきた。指でぐっと尿道口を開き、尖らせた舌を押し込むように愛撫されると、ツーンとした快感が走った。

また頬張ってくる。

余った包皮を指でぎゅっとさげて、剥きだしになった亀頭冠を中心に、素早くピストンされると、一気に性感が高まった。

「ああ、ダメです。出ちゃいます！」

「これを待っていたの。ちょっと待って」

伶香は試薬品のジェルを出して、それを肉棹に塗り込んだ。

スッーとして清涼感がある。

「これで、大丈夫……のはず。アドレナリンを抑えて、昂奮を鎮静化する作用があるから。成分は、ヒ、ミ、ツ……。行くわよ」

伶香が勃起を指でしごきだした。ジェルですべりがよくなって、まるでローションマッサージを受けているみたいだ。

しかも、伶香の指づかいは巧妙だ。

にゅるにゅるとしごきながら、もう片方の指で亀頭部をすりすりと擦ってくる。

こんなことをされたら、一発で射精していた。だが、伶香の発明した長持ちジェルのせいか、精液が逆戻りしていく感じで、なかなか出ない。

「ここまでは成功みたいね。でも、これではどうかしら？　耐えなくていいから、出したくなったら出していいのよ。これは治験《ちけん》だから。臨床実験だから我慢しないで」

そう言って、伶香が頬張ってきた。

しかも、片手で根元を握りしごきながら、先端に唇をかぶせて、カリを中心に唇をすべらせる。

一気に快感が撥ねあがった。

これまでなら、間違いなく放っていた。しかし、長持ちジェルが効いているのか出そうで出ない。

伶香は射精させようとしているみたいに、強く根元を摩擦し、亀頭冠を唇と舌で攻めてくる。

「くうぅ……！」

知らずしらずのうちに、栄太はこらえていた。

すると、伶香はちゅぽんと吐き出して、見あげてきた。

「きみ、ひょっとして遅漏《ちろう》なの？」

「いえ……むしろ、すぐに出しちゃうタイプです」

「ほんとうに？」

「はい……」

「じゃあ、この早漏防止ジェルは効果があると考えていいのかしら？」

「はい、そう思います」

「じゃあ、次はこれね」

伶香が取り出したのは、リングのようなもので、ゴムのような素材でできていた。

「ベッドに仰向けに寝て」

「はい……！」

栄太がベッドにあがって大の字になると、いまだいきりたっている肉柱に、伶香がそのゴム製らしいリングを嵌めたので、根元がぎゅっと圧迫された。

「この難点はエレクトした状態でないと、使えないことね。でも、輸精管《ゆせいかん》が締めつけられて、精液が塞《せ》き止《と》められるから、射精しないはずなの。問題は強く締めつけすぎると、血流まで止まってしまうこと。でも、きみは大丈夫みたいね。試してみるから、その前に……」

伶香がシックスナインの形で上にまたがってきた。

黒いシースルーのベビードールがめくれて、赤いパンティが見えた。この前、キャバ嬢に売ったのと同じオープンクロッチパンティなので、肝心な箇所が大きく開いて、翳りと雌芯がまともに見えた。

びっくりするほどに美しい女性器だった。大陰唇はふっくらとして土手高だが、内側のびらびらは褶曲しながらも左右対象で、しかも、わずかにのぞいている粘膜は「ど」をつけたいほどの鮮やかなピンクだった。

舐めようとしたその前に、伶香が勃起を頬張ってきた。

根元をゴムみたいなリングで締めつけられたイチモツを、なめらかな舌がスーッ、スーッと這いあがり、次の瞬間、唇で包み込まれていた。

激しく唇を往復されて、

「くっ……ああ、出そうだ……」

ぐっとこらえたとき、伶香がぷりぷりと腰を振った。

(そうだった。これはシックスナインなのだから、クンニをしなきゃ)

栄太が両手でぐっと尻たぶの下の方をひろげると、陰唇も花のように開いて、内部がぬっと姿を現した。

(バラみたいにきれいだ!)

見とれながらも、顔を持ちあげて、花びらを舐めた。まずは、ふっくらとした土手高の大陰唇と小陰唇の間に舌を走らせる。

「んっ……んっ……ジュルルっ……!」

伶香は尻をびくびくさせながらも、唾液とともに亀頭部を吸りあげる。

「くっ……!」

もたらされる快感に呻きつつも、負けじと小陰唇を舐めた。

さっき、伶香はここがクリトリスに繋がっていると言っていた。それを思い出して、びらびらを指でマッサージしつつ、舌を這わせる。

「んんっ……んんんっ……」

怜香は肉棹を咥えたまま、くぐもった声を洩らす。きれいな尻が細かく震えはじめている。

栄太はさらに狭間を舐め、下の方に息づいている小さな肉芽に舌を伸ばした。指で包皮を剥き、剥かれた小豆《あずき》のような本体を小刻みに舌先で刺激する。

これは効いたようで、怜香の様子が切羽詰まってきた。

「んっ……んっ……んっ……！」

びく、びくっと尻を痙攣させていたが、やがて、顔をあげ、向かい合う形でまたがってきた。

「わかってると思うけど、これは治験のためだから」

栄太を見おろして言う。

「はい……わかっています」

「なら、いいの……どこまで持つかしら？」

怜香は腰を振って、亀頭部を濡れ溝に擦りつける。黒いシースルーのベビードールを着ているが、大きな乳房も尖った乳首も透けていた。しかも、下着は赤いオープンクロッチだ。折り曲げられた足は、太腿までのストッキングがガーターベルトで吊られている。

伶香は顔をのけぞらせて、擦りつける感触を味わっていた。それから、ゆっくりと沈み込んでくる。

屹立が熱いと感じるほどの肉路に吸い込まれていき、伶香は途中でいったん動きを止めて、

「硬いわ。キミの、反ってるし……うあああああっ……！」

この冷静な人がこんなあからさまな声を出すのか、とびっくりした。

「ああぁ、当たってる。きみのが、子宮口に当たってる……」

伶香はそう言いながら、もう我慢できないとでも言うように腰を振りはじめた。膝を立てて、M字に開き、両手を栄太の胸板に突いて、ぐいぐいと腰を前後に振って、

「ふふっ、この体位、スパイダーマン騎乗位と言うのよ。格好がスパイダーマンに似てるでしょ？」

「ああ、確かに……あっ、くっ……気持ちいいです。ぁあぅぅ」

怜香の場合はむしろ、キャットウーマンじゃないかとも思う。栄太を見つめる目は猫科の獣のようにセクシーだ。

「いいのよ……出したかったら、出していいのよ。ピューッと射精したら、気持ちいいわよ」

怜香はそう誘いつつ、腰を激しく前後左右に振った。

「ぁああ、くっ……折れちゃう……くっ」

栄太は奥歯を食いしばった。

怜香の膣は窮屈で、しかも、締まりがいい。吸い込みも強い。

普通なら、射精しているか、それに近い状態になっているはずだ。だが、敏感なはずの亀頭冠の感覚が麻痺しているようで、おチンチンが自分のものではないようだ。

「シブトいわね。感じはどう？」

怜香が訊いてくる。

「はい……ペニスが自分のものではないみたいで。まだまだ大丈夫そうです」

「そう……きっと、ジェルとリングの相乗効果が出ているんだわ。これは、どうかしら？」

怜香がスパイダーマン騎乗位のまま、腰を振りあげた。

浮かした尻を落とし込み、根元まで咥え込んだ状態でグラインドさせる。

「おおぅ、くっ……！」

「効果抜群ね」

にこっとして怜香がまた腰を振りあげ、落とし込んでくる。今度はそれを繰り返した。

これは効いた。睾丸から熱いものがせりあがって、それがペニスに流れ込もうとする。しかし、それは根元で塞き止められて、本体には行かない。

そのとき、怜香に変化があった。

「あん、あんっ、あんっ……」

腰を激しく上下に振って、叩きつけながら、まさかの喘ぎ声を放った。

（んっ……もしかして、イキそうなんじゃないか？　こうなったら、怜香さんをイカせたい。あの高見沢怜香を昇天させてみたい！）

栄太は伶香のM字開脚した太腿を下から支えると、そのまま突きあげた。

こうすれば距離ができて、強いストロークができる。ぐいっ、ぐいっ、ぐいっと下から撥ねあげると、怒張がねちゃ、ぐちゃと女の筒をうがっていき、

「あんっ、あんっ、あんっ……ぁあああ、ダメ、ダメ……イッちゃう。私のほうがイッちゃう！」

伶香が泣き声を出した。

「いいですよ。イッていいですよ」

力を振りしぼって激しく突きあげたとき、

「イク、イク、イクわ……ぁあああ、くっ！」

伶香が躍りあがり、びくびくと痙攣して、どっと前に突っ伏してきた。

ぐったりしているが、膣だけはいまだ絶頂の痙攣をつづけている。

「あの……リングを取っていいですか？　射精したいんですけど」

耳元で許しを請うと、伶香がこくんとうなずいた。

栄太は結合を解いて、リングを外した。すると、塞き止められていたものが一気に本体に流れ込んできて、イチモツがカッと熱くなり、ますます力を漲ら

せた。

「するなら、バックからして。後ろが好きなの」

そう言って、伶香は自分からベッドに四つん這いになった。黒いベビードールをめくると、発達したヒップが現れた。真っ白で桃みたいな豊かな尻に赤いオープンパンティが張りつき、生い茂った繊毛を背景に、二枚のびらびらが突きだしていた。

リングから解放されていきりたっているものを、静かに埋め込んでいくと、

「ぁあぁうぅ……！」

伶香がシーツを鷲づかみにした。

「出しますよ。いいですか？」

「ええ、なかにちょうだい。なかに……ぁああ、気持ちいい……ひさしぶりよ。こんなのひさしぶり」

伶香が感極まったように言う。やはり、夫が海外赴任《ふにん》していて、男に飢えていたのだろう。こんな才色兼備の女性でも、肉体的な寂しさは大きいのだ。

栄太は渾身《こんしん》の力を込めて、後ろから突いた。

くびれた細腰をつかみ寄せ、思い切り腰を叩きつけると、硬直が蕩けたような女の筒を深々とうがち、

「ああ、ポルチオに当たってる。ぐりぐりして。当てたまま、ぐりぐりしてみて」

伶香の要望に応えて、奥のほうを亀頭部で円を描くように捏ねると、伶香ばかりか、栄太も気持ち良くなってきた。

射精覚悟で打ち込んだ。

「あん、ぁあん、あんっ……ねえ、イッちゃう。また、イキそう……出していいわよ。出して……」

「はい……出します。おお、おおぅ！」

栄太が遮二無二打ち据えたとき、

「イク、イク……イグぅ……ああああぁぁぁ！」

伶香が嬌声を張りあげ、次の瞬間、栄太も男液をしぶかせていた。

栄太は情事の後のシャワーを浴びていた。残念ながら、伶香は一夜をともに

することを許してくれず、今夜は都内にある自分のアパートに泊まって、明日から北へと向かうつもりだ。

シャワーを浴び終えて、服を着た。出ていこうとすると、伶香が近づいていた。

伶香もすでにシャワーを浴びて、バスローブをはおっている。

「きみは最高の治験者だわ。他にも、有用なデータをもらえるしね」

そう言って、伶香はやさしく微笑んだ。

「あ、ありがとうございます」

「明日は、また旅に出るのね」

「はい。北に向かいます。売り切らないと、正社員になれないので」

「……そうね。でも……」

伶香が栄太の腋から手を入れて、ぎゅっとハグしてくれた。

「全部、売れなくていいから、できるだけ売ってみて。そして、私にデータをちょうだい。きみは必要な人だと、私のほうで上には報告しておく」

伶香が耳元で言った。

「帰ってきたら、私の助手にしてあげる。商品開発を手伝ってほしいの。いい？」

「はい、もちろん！」

「……じゃあ、行ってきなさい。頑張るのよ」

怜香はもう一度、ぎゅっとハグしてくれた。ドアの前で、

「行ってらっしゃい」

怜香が言い、

「はい、行ってきます！」

栄太は挨拶を返して、廊下に出た。

これまでつらかったセールスの旅が、今はとても充実したものに思える。

（よし、どうにかして全部売り切って、怜香さんを驚かせてやる）

栄太はスキップしながら、エレベーターホールに向かった。

〈了〉

※この作品は「週刊実話」（日本ジャーナル出版）、2019年12月18日～2020年9月3日掲載分を大幅に加筆訂正したものです。

紅文庫

人妻《ひとづま》クルーズ

霧原《きりはら》一輝《かずき》

2020年 11月 15日　第 1 刷発行

企画／松村由貴（大航海）
DTP／遠藤智子

編集人／田村耕士
発行人／日下部一成
発行所／ロングランドジェイ有限会社
発売元／株式会社ジーウォーク
〒 153-0051 東京都目黒区上目黒 1-16-8 Yファームビル 6 F
電話 03-6452-3118
FAX 03-6452-3110

印刷製本／中央精版印刷株式会社

ISBN978-4-86717-097-7

ふたつの月に濡れる
滝川杏奴
Annu Takigawa
映画化原作!!
「発狂する唇」、「ナチュラル ウーマン」の佐々木浩久監督
大学にも通わずジャズの流れるバーでのバイトに、健吾は身を沈めていた。試験前には、店に仏文科同級生の柚季がノートを持ってきてくれる…。父親が雪山で遭難し、学費を稼ぐために始めたのだが、どこか心地よい生活に流されていく日々だった。ある夜、生前父親の愛人だったという奈美が現れると──。性春白書!
定価／本体720円＋税
紅文庫最新刊